Die Zeit danach

Charlotte Rüttinger

Die Zeit danach

Erzählungen

mitteldeutscher verlag

schnell wie die wolke im wind
zeit zerrinnt
morgen wird heute, heute wird gestern
klingt das lied der zeiten schwestern

Charlotte Rüttinger

„Spiel der Wellen", Pastellkreide

Wende

Wer rückwärts sieht, gibt sich verloren.
Wer lebt und leben will, muss vorwärts sehen.

Ricarda Huch

In die Stille des Hauses knallte die zugeschlagene Tür wie ein Schuss. Es war Sonntag und erst kurz nach 9 Uhr. Die Bewohner des Hauses hatten ihre alltäglichen Verrichtungen noch nicht aufgenommen. Aufgeregt stolperte Ralf Bender nach unten, rüttelte an der verschlossenen Haustür, öffnete sie, stürzte nach draußen und ging schnellen Schrittes davon. Oben, hinter einem Fenster in der zweiten Etage des Gebäudes, schaute ihm seine Frau mit verweinten Augen nach.

Das Bistro im Bahnhof war zu dieser Zeit nur mäßig besucht und so konnte er an einem leeren Tisch Platz nehmen. Als das bestellte Bier und der „Kurze" vor ihm standen, schüttelte er sich. Er war es nicht gewöhnt, am frühen Morgen Bier und Schnaps zu trinken. Zögernd nahm er einen Schluck Bier, das Glas mit dem Korn drehte er dann nur zwischen seinen Händen. Nach und nach beruhigte er sich und er begann nüchtern über die Szene, die sich gerade zwischen ihm und seiner Frau abgespielt hatte, nachzudenken. Hatte er etwa Schuld daran? Es passierte ihm in letzter Zeit immer häufiger, dass er einen ehelichen Streit vom Zaun brach. Jede Kleinigkeit regte ihn auf und ständig hatte er etwas an Sabine auszusetzen. Ihr fröhliches Lachen, das er so liebte, erklang immer seltener, stattdessen schwammen ihre Augen oft in Tränen. Er ahnte, dass er so reizbar war, weil er sie um ihr Leben beneidete, aber es gelang ihm nicht, seinen Neid zu unterdrücken. Dazu war er einfach zu unglücklich, zu verbittert. „Verbitterung" hieß die neue Krankheit, von der er neulich gelesen hatte. Besonders in den neuen Bundesländern hatte sich diese Form der Depression ausgebreitet und auch er schien davon befallen. An nichts hatte er mehr Freude. ‚Ja früher hat sie zu mir aufgeschaut, mich bewundert', dachte er, ‚doch nun ist ihr Großer seit drei Jahren arbeitslos ... Auf meine Bewerbungen kommen nur Absagen und ich lebe vom Geld meiner Frau.' Er stürzte den Schnaps hinunter und hustete wie jemand, der den ersten Zug seiner ersten Zigarette raucht. ‚Oft bleibt mir der Bissen im Halse stecken. *Überqualifiziert* – mit der Bemerkung haben sie mir die Bewerbungen zurückgeschickt. Überqualifiziert, über.' Er lachte laut auf und merkte, wie einige Leute zu ihm herüberschauten. ‚Doch die gnädige Frau hat sich in der Bank weiterbilden können. Nun soll sie eine Chefin werden. Aber ich sitze zu Hause. Sie ist der Ernährer der Familie.' Er trank das Bier in einem Zug aus und erschrak vor dem lauten Geräusch, das das Glas machte, als er es auf dem Tisch zurückstellte.

Langsam füllte sich der Raum mit Reisenden. Fröhliches Stimmengewirr war zu hören, offensichtlich die Mitglieder eines Vereins, die irgendwohin wollten. ‚Alle haben Arbeit. Nur ich bin ein Versager.' Versager – das Wort hallte in ihm nach und er verzog das Gesicht, als würde ihm jeder Buchstabe einzeln körperliche Schmerzen bereiten. ‚Wer braucht schon einen promovierten Mathematiker? An meiner Technischen Hochschule haben andere Dozenten Einzug gehalten. Zwei Tage in der Woche hier, die andere Zeit an ihren Universitäten in den alten Bundesländern. Und wir? Ganz schnell auf die Straße gesetzt.' Er hob das Schnapsglas und sah angestrengt auf den Grund, als könnte er wie eine Wahrsagerin aus dem Kaffeesatz dort seine berufliche Zukunft lesen.

Inzwischen hatte sich ein Mann an seinen Tisch gesetzt. Während er seinen Cappuccino trank, wechselten sie ein paar belanglose Worte miteinander und plötzlich hatte Ralf Bender das Bedürfnis, diesem Fremden, der sich kurz als Roberts vorgestellt hatte und den er bestimmt nicht mehr wiedersehen würde, sein Herz auszuschütten.

Der Mann unterbrach ihn mit keinem Wort. Ralf Bender redete sich seinen Schmerz von der Seele und sagte, wie er litt, sich schämte, wie er jeden Kontakt zu Freunden und Bekannten abgebrochen habe und keinen Sinn mehr in seinem Leben sähe. Er erzählte auch, wie sehr er seine Forschungsarbeit, seine Vorlesungen oder eine andere, sinnvolle Aufgabe brauche und wie er jeden, auch seine Frau, um ihre Arbeit und das Gefühl, nützlich und wertvoll zu sein, beneide. Alles andere – seine Bücher, seine Freunde, selbst seine Frau – sei ihm plötzlich nach dem Verlust seiner Arbeit nicht mehr so wichtig, es konnte die Leere in ihm nicht ausfüllen. Er sei auch müde geworden, weitere Bewerbungen zu schreiben und nur Absagen zu erhalten. „Alles ist so sinnlos. Für mich gibt es sowieso keine Zukunft mehr." Von Selbstmitleid übermannt, griff Ralf Bender nach dem neuen Bier, das ihm die Kellnerin ohne Aufforderung hingestellt hatte, trank in kleinen Schlucken und hoffte, dass sein Gegenüber nicht bemerkte, wie ihm die Tränen in die Augen schossen.

Die Männer schwiegen. Nach einer Weile sagte Roberts leise, so als würde er ein Geheimnis verraten, dass die anderen aber auf keinen Fall erfahren durften: „Wir leben in einer Zeit des Umbruchs. Das heißt Neuorientierung auf allen Gebieten unseres Lebens. Der alte Kapitalismus mit seiner sozialen Marktwirtschaft ist mit den sozialistischen

Staaten verschwunden. In Wirtschaft und Kapital hat die Globalisierung Einzug gehalten. Maximierung des Profits bestimmt die Entwicklung. Die Anwendung der Hochtechnologie vernichtet oder – wie man so schön sagt – setzt Arbeitskräfte frei. Und wieder hat eine kleine Völkerwanderung begonnen, denn überall, auch bei uns, verlassen die Menschen ihre Heimat und ziehen der Arbeit hinterher. Niemand hat mehr die Gewissheit, dass er das einmal Erlernte bis zu seinem Lebensende im Beruf anwenden kann. Das bringt Probleme für den Einzelnen und die Gesellschaft mit sich. Auch Sie werden sich wahrscheinlich nach einem neuen Weg umsehen müssen. Schließen Sie gedanklich mit dem Alten ab und überlegen Sie lieber, wo dieser neue Weg für Sie und Ihre Frau liegen könnte. Ich wünsche Ihnen dabei alles Gute dieser Welt." Roberts verabschiedete sich, weil sein Zug aufgerufen worden war und beugte sich noch einmal über den Tisch zu Ralf Bender, um ihm zuzuflüstern, dass auch er mit dieser Fahrt alte Brücken hinter sich abriss. Bender sah ihm nach wie einer Erscheinung. Und nachdem er noch ein Bier und einen Schnaps getrunken hatte, fragte er sich, ob diese Begegnung wirklich stattgefunden hatte oder ob er sie sich nur einbildete.

Das Zuschlagen der Türen schien Sabine Bender wie ein Zeichen. Während sie ihrem Mann weinend nachschaute, wusste sie auf einmal, dass es so nicht weitergehen konnte. Warum war er nur so ungerecht zu ihr? Jede Freude, die sie empfand, erstickte er und statt sich über ihren Erfolg und ihr gutes Gehalt zu freuen, wertete er alles ab, was sie machte, kritisierte sie grundlos und unerwartet. ‚Nein, das ist nicht mehr der Mann, den ich geliebt und geheiratet habe.' Doch Sabine war zu müde, um sich weitere Gedanken zu machen. Eines aber wusste sie sicher: so wollte und konnte sie nicht weiterleben.

Leise schloss sie die Korridortür und lauschte noch einen Moment in das stille Haus. Nur einen kleinen Koffer und eine Tasche nahm sie mit. Dann stieg sie unten in das wartende Taxi.

Als Ralf Bender am späten Nachmittag nach Hause kam, fühlte er sich wie benommen und konnte sich kaum auf seinen Beinen halten. Torkelnd ging er durch die Wohnung und suchte seine Frau. Doch Sabine war nicht da. Er lief immer wieder von einem Zimmer der Wohnung in das andere, aber sie war weg, einfach weg. Schließlich fand er einen Zettel auf dem Küchentisch: „Ich gehe. Es ist besser so für uns beide. Sabine." Ratlos las er immer wieder die wenigen Zeilen und erst nach und nach erfasste er ihre Bedeutung. Eine Welle des Mitleids mit sich selbst überflutete ihn. ‚Sie lässt mich einfach allein.' Er fror plötzlich. ‚Einfach so, verlässt den Versager.' Er lachte bitter. ‚Was soll ich noch? So allein. Wie eine Ratte. Die flüchtet auch vom Schiff, wenn's untergeht. Ja Ratte, Ratten, wir sind alle Ratten, arme Ratten.' Er konnte nicht mehr logisch denken, sah keinen Ausweg mehr. ‚Jetzt ist mir alles egal. Ist sowieso alles egal. Endgültig. Aus, Schluss, hat ja sowieso keinen Zweck. Nichts hat Zweck. Ich will nicht mehr. Ich bin und bleibe ein Versager.' Und wie ein Schauspieler, der seine Rolle übt, sprach er immer wieder laut ins Zimmer: „Versager, Versager, Versager ..." Nach einer kleinen Pause stieß er zwischen den Zähnen hervor: „Dann mache ich eben Schluss. Ganz Schluss. Mit allem. Und sie? Ist dann froh, kann sich einen von den dynamischen und flexiblen Wessis nehmen, nicht so einen Versager, Versager, Versager. Ratte. Sind ja genug davon in der Bank." Und immer mehr verrannte er sich, stellte sich vor, wie er sie alle bestrafen würde. „Alle!" Wenn er so tot daläge. Dann würden sie alle weinen und bereuen. ‚Aber keine Tränen würden etwas ändern. Keine!' Sein ganzes Denken und Empfinden drehte sich nur noch um diesen einen Gedanken. ‚Aber wie? Wie mache ich es? Ich mache einfach den Gashahn auf.' Doch dann erinnerte er sich, dass sie statt Gas nur Fernwärme und Strom hatten. Krampfhaft versuchte er klar zu denken und lachte fast erleichtert auf als ihm die Tabletten einfielen. ‚Dann nehme ich einfach Tabletten. Die Frauen machen das doch auch so.' Ihm fiel ein, dass er gar keine hatte, die infrage kämen. Er und Sabine waren höchstens mal beim Arzt gewesen, wenn sie eine Erkältung hatten. ‚Ich bin eben gesund, ein Versager, ein gesunder Versager … Dagegen gibt's keine Tabletten. Aber war da nicht der im Fernsehen, den sie in der Badewanne gefunden haben? Alle waren ganz schön erschrocken. Der machte sich gut in der Wanne. Und angezogen war er auch noch. Sah nobel aus. Ich muss ja kein Wasser reinlassen und brauche mich nicht auszuziehen. Einfach so in die Wanne setzen und Pulsadern aufschneiden. Wird zwar wehtun, aber ich kann ja vorher noch trinken. Da muss noch was von dem ‚Napoleon' da sein. Blöder Name. Glaube nicht, dass man noch Schlachten schlägt, wenn man den intus hat. In der Wanne versaue ich ihr den Teppich nicht. Erste Anschaffung nach der Wende, Herr Napoleon. Vorher, vorher lag nur so eine ärmliche Auslegware da. So war das bei uns. Alle hatten die Teppiche auch, aber nicht die von jetzt, die echten, die die Kinder geknüpft haben. Aber Arbeit, Arbeit hatten wir! Hatte ich. Und war nicht überqualifiziert. Konnte gar nicht genug qualifiziert sein. Überqualifiziert gab's nicht. Gab's nicht bei uns in der ehemaligen Deutschen Demokratischen Republik hinter dem Eisernen Vorhang. Erst danach. Als wir nicht mehr kleckern, sondern klotzen sollten. Aber die lassen mich ja nicht. Ich will ja, aber die lassen mich ja nicht. Nun wird nicht mehr gekleckert und geklotzt. Никогда больше. Never more.'

‚Endlich in die Wanne gehn …' Das Glas glitt aus seiner Hand. ‚Der schöne Teppich …', dachte er noch, dann überfiel ihn eine große Müdigkeit und Gleichgültigkeit. Er hatte das Gefühl ins Bodenlose zu fallen, zu fallen, zu fallen … Das Blut tropfte auf den Teppich.

Gleichförmig ratterte der Zug. Sabine Bender nahm nichts von der vorbeiziehenden Landschaft wahr. Zwar waren ihre Tränen versiegt, aber in Gedanken erlebte sie noch einmal die letzten Jahre ihrer Ehe. ‚Wie ungerecht er bloß geworden ist', dachte sie immer wieder. ‚Ich tue doch wirklich alles für ihn. Wir haben im Gegensatz zu anderen unser Auskommen und schon viel Neues gekauft. Jedes Jahr eine Urlaubsreise ins Ausland gemacht. Was will er nur? Er kann zu Hause sein, ich muss jeden Tag Leistung bringen und viel für meine Qualifizierung tun. Mir bleibt kaum Zeit für anderes. Aber er kann machen, was er will, hat nur das bisschen Haushalt. Das ist doch wohl nicht zuviel verlangt. Und nie habe ich ihm vorgehalten, dass ich es bin, die das Geld verdient. Nie.'

Sie starrte aus dem Fenster des Abteils, während ihre Unruhe wuchs. ‚Warum habe ich ihn nie gefragt, wie es ihm geht? Aber ich wusste ja, dass es ihm schlecht geht. Statt über seine Probleme mit ihm zu sprechen, habe ich ihn immer nur mit meinen Bankgeschichten zugeschüttet. Ich dachte, das lenkt ihn ab. Und habe mir immer wieder gesagt, dass wir ja sowieso nichts ändern können. Das war wohl auch bequemer.' Hinter dem Abteilfenster sah sie nun eine andere Wirklichkeit, Bilder aus den schönen Jahren ihrer Ehe bedrängten sie. Ihr Kennenlernen an der Uni, ihr Verliebtsein, die Heirat, die Freude als sie, nachdem sie zwei Jahre bei seinen Eltern gewohnt hatten, die moderne Wohnung in der heute so verächtlich genannten „Platte" erhalten hatten, ihr Diplom, seine Promotion und ihre optimistischen Pläne für die Zukunft. Alles war glatt gelaufen. Plötzlich schämte sie sich. Musste Ralf sich nicht verraten vorkommen? Nun war sie einfach davongelaufen. Dabei mussten sie miteinander reden. Sie waren doch jung genug für einen Neuanfang. ‚Ich muss ihm zeigen, dass er nicht allein ist, dass ich zu ihm stehe.'

Sie sprang auf, nahm Koffer und Tasche lief zur Waggontür. Beim nächsten Halt des Zuges stieg Sabine Bender aus. Sie hatte Glück, auf dem Nachbargleis fuhr gerade der Gegenzug ein. Am späten Nachmittag würde sie wieder zu Hause sein.

Als sie die Wohnungstür öffnete, überfiel sie ein beklemmendes Gefühl. „Ralf, ich bin wieder da", rief sie in die Stille, doch es kam keine Antwort. Schnell lief sie in das Arbeitszimmer ihres Mannes, dann ins Wohnzimmer. Dort herrschte eine ungewohnte Unordnung. Auf dem Teppich lagen mit Blut beschmierte Handtücher, eine leere Flasche und ein zersplittertes Glas, auf dem Tisch aufgerissene Tüten, Mulltupfer und Schachteln. Und noch während sie das Chaos im Wohnzimmer betrachtete, merkte sie, wie ihr Herz raste. Eine nie gekannte Angst erfasste sie.

Müde schaute Dr. Wiese auf den von ihm geschriebenen Arztbericht und sann den Ausführungen seines Kollegen nach. Es stimmte, was der Psychologe gesagt hatte. Auch bei ihm war die Arbeit der Mittelpunkt seines Lebens. Die ständige Überbelastung in der Klinik verkraftete er nur, weil er überzeugt war, dass er gebraucht wurde. Und weil seine Arbeit in der Gesellschaft anerkannt wurde. Das machte ihm

Freude und bestärkte ihn in seinem Selbstwertgefühl. Die finanzielle Sicherheit dabei war zwar wichtig, aber zweitrangig. Dr. Werner hatte an seinem Beispiel erklärt, dass sich der Mensch, der nicht nur ein biologisches, sondern auch ein soziologisches Wesen ist, als nützlicher Teil der Gesellschaft fühlen muss. Bewusst oder unbewusst spielt dabei keine Rolle. Fühlt er sich von der Gesellschaft ausgeschlossen und in eine Außenseiterrolle gedrängt, wendet er sich gegen die Gesellschaft und ihre Regeln oder – wie dieser Ralf Bender – gegen sich selbst. ‚Wir sind in dem Glauben erzogen worden‘, sinnierte Dr. Wiese weiter, ‚dass wir bis zur Rente in unserem einmal erlernten Beruf arbeiten werden. Nun müssen wir erkennen, dass es diese Sicherheit nicht mehr gibt, dass der Wandel der Gesellschaft ab und zu eine Neuorientierung verlangt. Ja, schlimmer noch, wer immer nur das Gleiche tut, wird in dieser Gesellschaft als nicht flexibel und dynamisch eingeschätzt und hat keine Chancen mehr.‘

Der Arzt packte seine Unterlagen zusammen und sprach in das Diktiergerät, das er, um Zeit zu sparen, jetzt oft nutzte: „Morgen werde ich Ralf Bender entlassen und ihm empfehlen, die Hilfe eines Psychologen in Anspruch zu nehmen." Als er es ausgeschaltet hatte, murmelte er: „Hoffentlich nimmt er diesen Vorschlag an."

Währenddessen stand der, der den Anlass dafür gab, dass der vielbeschäftigte Dr. Wiese einen Moment innehielt und auch über sich nachdachte, am Fenster seines Zimmers und schaute in den Garten der Klinik. Alte, mächtige Buchen spendeten den Wegen und Bänken, die jetzt, zur Abendbrotzeit, unbesetzt waren, ihren Schatten. Nur drei Spatzen suchten noch emsig nach einigen Krümeln, die vielleicht die Besucher oder Patienten fallen gelassen hatten.

Jetzt war alles gesagt. Sabine und er hatten den Nachmittag genutzt und über ihre Hoffnungen und Enttäuschungen der letzten drei Jahre gesprochen. Beide hatten Fehler gemacht. „Ich habe mich wie ein kleiner verzogener Junge benommen, dem etwas vorenthalten wird. Was für einen Schreck habe ich wohl meiner Mutter versetzt, als sie mich noch rechtzeitig gefunden hat? Ich habe viel wieder gutzumachen", hatte Ralf Bender gesagt. Seine Frau hatte die Arme um ihn gelegt und immer wieder „Halt mich ganz fest" geflüstert.

Es war am frühen Vormittag, als Ralf Bender das Klinikgebäude verließ. Sabine, die ein paar Tage Urlaub genommen hatte, wartete schon vor der gläsernen Eingangstür auf ihn. Neben den Blumen, die sie für seinen Empfang auf den Schreibtisch gestellt hatte, lag ein Brief von der Universität Leipzig.

Schneewittchen

Dr. Rehnelt strich sich müde die in die Stirn fallenden Haare zurück. Er sah, dass die Sonne die Färbung des Abendrots angenommen hatte und der Tag langsam dem Abend wich. Es war kalt in den kahlen Räumen der Pathologie und bedrückend still. Seine Mitarbeiter hatten bereits das Haus verlassen und auch der Neue von der Staatsanwaltschaft, der während der Obduktion mit seiner Übelkeit gekämpft hatte, war längst gegangen.

Bevor Dr. Rehnelt die kleine Leiche in die Kühlkammer schob, betrachtete er noch einmal nachdenklich den ruhigen Kinderkopf mit den geschlossenen Augen. Dunkle Haare umrahmten das blasse Gesichtchen mit der glatten, hohen Stirn und den gewölbten Augenbrauen. Der Mund des Kindes sah mit seinen schmalen Lippen aus, als hätte er nie viel zu lachen gehabt. Mager war er, der Junge, der da lag, und alle Rippen zeichneten sich deutlich an dem schmutzigen kleinen Körper ab. Die vielen blau unterlaufenen Flecken an Oberarmen und Oberkörper waren alt und konnten nicht durch den Sturz entstanden sein, auch zwei schlecht verheilte Brüche am rechten Oberarm und dem linken Unterarmgelenk zeugten von schweren Misshandlungen, die das Kind in seinem jungen Leben offensichtlich hatte erdulden müssen. Der Arzt wusste um den Verdacht der Staatsanwaltschaft und er schloss nach den vorliegenden Ergebnissen der Obduktion nicht aus, dass er zutreffend war. Fest stand, dass das Kind an den inneren Verletzungen mit schweren Blutungen nach einem Sturz gestorben war.

„Fernweh"

Obwohl Dr. Rehnelt nun schon so viele Jahre Leiter der Pathologie war, schmerzte es ihn immer noch, wenn er tote Kinder untersuchen musste. Es kam ihm besonders widersinnig vor, wenn ein Leben endete, bevor es richtig angefangen hatte. Er konnte sich daran einfach nicht gewöhnen, dass ein Kind vor ihm auf dem Seziertisch lag. Zu Hause ging er an solchen Abenden trotz seiner Müdigkeit erst spät ins Bett, geisterte stattdessen im Haus umher und schaute immer wieder im Kinderzimmer auf die Gesichter seiner zwei Jungen, die auch im Schlaf glücklich aussahen. Er wusste, heute stand ihm wieder eine solche Nacht bevor. Mit einem letzten Blick auf den kleinen Toten löschte er schließlich das Licht und verschloss die Räume der Pathologie. Langsam ging er zu seinem Wagen, um nach Hause zu fahren.

Zu dieser Zeit saß Hauptmann Behrend noch in seiner Dienststelle und blätterte in den Unterlagen, die sich mit dem Ehepaar Trebs befassten. Während im Raum nur das Ticken der großen Wanduhr zu hören war, schaute er erneut auf die Fotografien, die im grellen Licht seiner Schreibtischlampe den verwahrlosten Zustand der Wohnung der Beschuldigten zeigten. So etwas hatte er noch nie gesehen, obwohl er in den zwanzig Jahren seines Dienstes bei der Kriminalpolizei vieles erlebt und erfahren hatte. Während er die Bilder betrachtete, versuchte er sich vorzustellen, wie zwischen all dem Müll, den auf der Erde liegenden zerschlissenen, nur notdürftig gereinigten Matratzen ohne Bettlaken, den Decken ohne Bettbezüge und den völlig verschmutzten Kinderbetten zwei Erwachsene, die Frau hochschwanger, und sechs Kinder gelebt hatten. Auf dem Herd, den Fensterbänken, auf einem Tisch, auf Schränken und Stühlen stand schmutziges Geschirr mit Essensresten. Mehrere Eimer und Töpfe sowie eine Milchkanne waren mit Fäkalien gefüllt. Im Protokoll der Ermittler war zu lesen, dass ein entsetzlicher Gestank in der Wohnung herrschte. Ein Gestank, der schon im Treppenhaus des alten Hauses zu riechen gewesen war. In den Ecken und um den Herd wären unzählige Kakerlaken gewesen.

Um das üble Gefühl in seiner Magengegend loszuwerden, brühte sich Hauptmann Behrend einen starken Kaffee auf und trank ihn sehr heiß in kleinen Schlucken. Er ging ans Fenster und schaute auf die inzwischen leeren Straßen der Stadt. Die beleuchteten Fenster der Häuser zeigten, dass ihre Bewohner ihre Abendbeschäftigung aufgenommen hatten. ‚Viele Kinder werden jetzt sicher ins Bett gebracht, behütet und umsorgt von ihren Eltern', dachte er und fragte sich gleichzeitig, wie es möglich ist, dass Kinder von der Öffentlichkeit unbemerkt unter solchen Umständen aufwachsen konnten, denn so verwahrlost wie die Wohnung war, waren auch die Kinder gewesen. Woher kam diese Gleichgültigkeit? Zwar war über die Familie Trebs bereits einmal eine anonyme Beschwerde bei der zuständigen Behörde eingegangen, aber offensichtlich hatte diese beschlossen, anonyme Hinweise zu ignorieren. Ein folgenschwerer Fehler, wie sich jetzt zeigte. Behrend ging in seinem Zimmer auf und ab. Schließlich setzte er sich wieder an seinen Schreibtisch und befasste sich mit den Aussagen des beschuldigten Ehepaares, das wegen des penetranten Gestanks, den es verbreitet hatte, vor seiner Vernehmung erst einmal von den Mitarbeitern der Haftanstalt in Badewannen gesetzt und geschrubbt worden war.

Beide, sowohl die Frau wie auch der Mann, hatten in ihren Einlassungen behauptet, dass sie einen Freund von Heinz Trebs in Ostberlin besuchen wollten. Die zwischenzeitlich eingeleiteten Überprüfungen hatten jedoch ergeben, dass es weder den Namen, noch die Straße des zu Besuchenden in

Ost-Berlin gab. Diese offensichtliche Lüge bekräftigte den bestehenden Verdacht der Ermittler, dass die Beschuldigten über Ost-Berlin nach Westdeutschland flüchten wollten.

„Kann ich noch etwas für Sie tun?", hörte Behrend plötzlich eine jugendliche Stimme fragen. Im Türrahmen stand Unteroffizier Heinig und blickte den Hauptmann erwartungsvoll an.

„Danke, nein. Aber wie spät ist es denn eigentlich?"

„23.30 Uhr."

„Dann wird es Zeit, Schluss zu machen."

Energisch räumte der Ermittler die vor ihm liegenden Unterlagen zusammen und legte die Akten in den Panzerschrank. Nachdem er sein Zimmer verlassen hatte, verschloss und versiegelte er den Raum und verließ das Gebäude. Nur in wenigen Büros wurde zu dieser späten Stunde noch gearbeitet.

Draußen, auf der Straße, atmete er mit vollen Zügen die frische Luft ein. ‚Wieder zuviel geraucht', dachte er kurz. Die Nacht war sternenklar und im fahlen Licht des Mondes lagen ruhig und verträumt die Häuser der Altstadt. Nur selten sah er noch ein Fenster erleuchtet. Die Hitze des Tages war einer wohltuenden Kühle der Nacht gewichen und Behrend beschloss, auf den Dienstwagen zu verzichten und zu Fuß zu gehen. Er brauchte Abstand von dem, was ihm der Tag gebracht hatte und den konnte er am besten bekommen, wenn er eine Weile durch die schlafende Stadt lief. Zu Hause wartete sowieso niemand auf ihn. Seine Frau hatte es satt gehabt, abends meistens allein zu sein und ihn schon vor langer Zeit verlassen. Also würde er heute wieder einmal im Sessel bei einer Flasche Rotwein sitzen und warten bis er so müde war, dass er einschlafen konnte. Doch manches Mal konnte er die ersehnte Ruhe auch dann nicht finden. Er fürchtete, dass es ihm auch heute so ergehen würde. Dieser Fall quälte ihn. Es quälte ihn, nicht voranzukommen.

Nachdem er sich ein liebloses Abendbrot gemacht hatte, setzte er sich in seinen Sessel, schaltete das Radio ein und versuchte, sich auf die Sendung zu konzentrieren. Aber immer wieder glitten seine Gedanken ab. Während er seine Zigaretten rauchte und den Rotwein trank, fragte er sich, ob es richtig war, dass er und seine Mitarbeiter nur aus dem Gefühl heraus, die Inhaftierung der Eltern und die Einweisung der Kinder in ein Heim veranlasst hatten. Und immer gab er sich die gleiche Antwort.

Vor seinem geistigen Auge tauchte die Gestalt von Heinz Trebs auf. Gutgenährt, schwarzhaarig, ein Gesicht mit einem mädchenhaften, weißen Teint, roten vollen Lippen und stahlblauen Augen. ‚Er sieht aus, wie die männliche Variante von Schneewittchen', schoss es ihm durch den Kopf. ‚Aber sein Aussehen ist auch das Einzige, was er mit der Märchenfigur gemeinsam hat.'

Und wieder griff Behrend zur Zigarette und dachte noch einmal über die bisherigen Vernehmungen des Beschuldigten nach. Mit seinen zweiunddreißig Jahren machte Trebs einen sehr selbstbewussten Eindruck und versuchte immer zielgerichtet bei jeder Vernehmung Trauer über den Verlust seines „Lieblingssohnes" zu demonstrieren. Die Antworten auf die ihm gestellten Fragen gab er ohne zu zögern und ohne eine Unsicherheit zu zeigen, stets mit fast denselben Worten. Auch die Version seiner Reise mit der gesamten Familie zu seinem Freund in Ost-Berlin hielt er aufrecht, nicht wissend, dass sie längst als Lüge entlarvt worden war. Es war einfach nicht an ihn heranzukommen. Zwar hatte der Schönling wegen seiner offensichtlichen Faulheit keinen Schulabschluss gemacht, aber das fehlende Wissen ersetzte er durch ein freches, gerissenes Auftreten.

Demgegenüber gestaltete sich die Vernehmung der Mutter des toten Kindes ganz anders. Die abgemagerte, verhärmte Frau hatte offensichtlich Angst. Sie zeigte bei den Befragungen eine tiefe Unsicherheit, folgte aber in ihren Aussagen ihrem Mann in allen Punkten fast wörtlich, obwohl das Ehepaar getrennt vernommen wurde. Daraus konnten die Ermittler erkennen, dass sich die Eheleute abgesprochen hatten. Blaue Flecken im Gesicht der Dreißigjährigen und ein fehlender Vorderzahn bestätigten ihnen, dass die Behauptungen der inzwischen angehörten Nachbarn, wonach Trebs sowohl seine Frau als auch auch seine Kinder regelmäßig geschlagen habe, zutreffend waren. Diese Fakten unterstützten zwar den bestehenden Verdacht, aber sie waren noch keine Beweise. Wo sollten die Ermittler sie finden?

Je länger Behrend rauchte und trank, desto müder wurde er. Und wieder schien ihm Heinz Trebs gegenüberzusitzen. Erstaunt bemerkte er, wie dessen Haare in den vergangenen Tagen so lang geworden waren, dass sie ihm jetzt in zwei schwarzen Zöpfen über die Schultern fielen. So weiß wie Schnee, so rot wie Blut, so schwarz wie Ebenholz ... In der Hand hielt Trebs einen Apfel, den er mit großem Appetit verspeiste und Behrend wunderte sich, dass das Wachpersonal Trebs gestattet hatte, den Apfel zur Vernehmung mitzubringen. Heinz Trebs war guter Dinge, er lachte herzlich über die ihm gestellten Fragen, gab, wie stets und oft vom eigenen Lachen unterbrochen, die bekannten Antworten, drohte Behrend mit dem Zeigefinger und zwinkerte ihm schelmisch zu. Nur der Wind, der in den Bäumen des Stadtparks rauschte, war Zeuge der Befragung.

Der Rundfunk hatte inzwischen seine Sendung eingestellt und aus dem Radio war nur ein leichtes Rauschen zu hören. Erst als die Stimme des Rundfunksprechers mit den ersten Nachrichten des neuen Tages ertönte, erwachte Hauptmann

Behrend. Es dämmerte bereits und die Vögel begannen ihr Morgenlied zu singen. Müde und zerschlagen suchte er sein Bett auf, denn drei Stunden Schlaf blieben ihm noch.

Die Dienstbesprechung ging ihrem Ende entgegen. Der Kreis der inzwischen gebildeten Sonderkommission war um zwei Mitarbeiter der Bahnpolizei Erfurt erweitert worden, die gerade ihren Bericht beendet hatten. Noch einmal hatten sie die Ereignisse des 13. Juli 1956 geschildert. Danach waren sie nach der Meldung, dass ein Kind im D-Zug 3410 von Erfurt nach Ost-Berlin vermisst und wahrscheinlich aus dem Zug gefallen sei, mit einer Draisine gegen 13.30 Uhr die Strecke Erfurt-Weißenfels abgefahren. Vier Kilometer vor Apolda hatten sie die Kinderleiche zwischen den Schienen entdeckt. Die Erfurter Bezirksbehörde der Volkspolizei veranlasste sofort die Bergung des toten Kindes und seine Überführung in die Pathologie der Bezirksstadt. Dann wurde die Bahnpolizei in Jüterbog von diesem Sachverhalt verständigt und beauftragt, beim Halt des Zuges in Jüterbog den in ihm reisenden Eltern das Auffinden ihres Kindes mitzuteilen.

„Ich fasse also zusammen", gab Hauptmann Behrend den Schlussbericht. „Auf Grund der Meldung des Lokführers, dass im D 3410 ein kleiner Junge vermisst werde und alles Suchen ohne Erfolg geblieben sei, fand die von den Mitarbeitern der Bahnpolizei geschilderte Suchaktion mit dem bekannten Ergebnis statt.

Was hat uns also veranlasst, das Ehepaar Trebs festzunehmen und einen Haftbefehl zu beantragen, dem auch stattgegeben worden ist? Unser Anfangsverdacht stützt sich bisher einzig und allein auf zwei der allgemeinen Lebenserfahrung zuwiderlaufende Fakten und die sich daraus ergebenden Schlussfolgerungen. Beweise fehlen uns und das macht unsere weiteren Ermittlungen so schwierig und so dringend. Ich erinnere deshalb noch einmal. Beide Eheleute haben fast wörtlich übereinstimmend ausgesagt, dass sie einen Freund von Herrn Trebs in Ost-Berlin besuchen wollten, deshalb den D-Zug Erfurt-Berlin benutzt hätten und dass Frau Trebs während der Fahrt die Toilette des Zuges aufgesucht habe. Ihr Sohn Michael sei ihr plötzlich, nach ergänzenden Aussagen von Herrn Trebs, gefolgt, so dass schließlich auch er das Abteil verlassen habe, um seinen Sohn zurückzuholen. Er habe jedoch seinen Sohn nirgends entdecken können. Während dieser Zeit seien die anderen Kinder allein im Abteil für Mutter und Kind zurückgeblieben. Inzwischen sei seine Frau, so schildert Trebs, wieder aus der Toilette gekommen und gemeinsam hätten sie ihr Abteil aufgesucht in der Annahme, dass Michael wieder bei den anderen Kindern sei. Das war aber nicht der Fall und Michael blieb verschwunden. Das bestätigte auch Frau Trebs und beide sagten weiter übereinstimmend aus, dass sich Herr Trebs besorgt erneut auf die Suche nach seinem Sohn gemacht habe, leider jedoch vergeblich. Auf Drängen seiner Frau habe er dann den Zugschaffner verständigt und mit ihm gemeinsam noch einmal den gesamten Zug, alle Abteile und Toiletten abgesucht, jedoch ohne Erfolg.

Der Zugschaffner selbst bestätigte diese Aussage und ergänzte: Gemeinsam mit dem besorgten und aufgeregten Vater habe er auch andere Reisende gefragt, ob sie ein allein im Zug umherlaufendes Kind gesehen hätten, doch niemand konnte sich an den Jungen erinnern. Schließlich habe er den Lokführer über den Sachverhalt verständigt, der seinerseits die Bahnpolizei Erfurt informiert habe.

Welche Ursachen führten nun zur vorläufigen Festnahme des Ehepaares? Als in Jüterbog die dort tätigen und von uns benachrichtigten Mitarbeiter der Bahnpolizei während des Aufenthaltes des Zuges das Ehepaar Trebs davon verständigten, dass ihr Sohn inzwischen gefunden worden ist, ohne dessen Tod aus Rücksicht auf die schwangere Frau zu erwähnen, kam von dem Ehepaar wider Erwarten keine der Situation entsprechende Reaktion. Weder Herr noch Frau Trebs fragten, wo sich das Kind und in welchem Zustand befände. Auch machte das Ehepaar keinerlei Anstalten seine Reise zu unterbrechen. Diese Teilnahmslosigkeit war so ungewöhnlich und widersprach jeder Lebenserfahrung, dass die Mitarbeiter der Bahnpolizei stutzig wurden und in ihnen der bekannte Verdacht aufkam. Nach Rücksprache mit uns zwangen sie deshalb Herrn und Frau Trebs ihre Reise zu unterbrechen und brachten sie und die Kinder zu uns nach Erfurt. Auch wir teilten auf der Grundlage ihres Berichtes und in Zusammenhang mit der äußerlich sichtbaren Verwahrlosung der Familie den entstandenen Verdacht und veranlassten die vorläufige Festnahme des Ehepaares Trebs, ihre Zuführung zum Haftrichter und die zeitweilige Aufnahme der Kinder in ein Kinderheim.

Der zweite Verdacht gegen das Ehepaar ergibt sich daraus, dass der Zugführer glaubhaft versichert hat, dass alle Türen des Zuges vor Abfahrt desselben in Erfurt geschlossen waren. Auch von den Stellwerkern in Erfurt, Weimar, Apolda, Naumburg und Weißenfels, die dienstgemäß den vorbeifahrenden Zug beobachtet hatten, wurde dies bestätigt. Bekanntlich aber sind die Türen der Waggons, vor allem wenn der Zug fährt, sehr schwer zu öffnen. Einem schwächlichen Jungen in dem Alter ist dieser notwendige Kraftakt nicht zuzutrauen. Und wie hätte er dann die Tür wieder schließen können, wenn er aus dem Zug gestürzt ist? Es muss also jemand die Tür des Zuges während der Fahrt geöffnet und auch wieder geschlossen haben. Wozu? Und wenn es so wäre, ist dann das Kind aus dieser Tür während der Fahrt des Zuges versehentlich gefallen oder aber gestoßen worden? Wenn diese letzte Vermutung zutrifft, müssen wir fragen, wer hat das getan? Wer hat ein Interesse daran, ein siebenjähriges Kind aus dem Zug zu werfen?

Sie sehen also, wir stehen am Anfang unserer Ermittlungen. Unsere Überlegungen und Schlussfolgerungen sind reine Spekulation auf der Grundlage unserer Erfahrung. Deshalb müssen wir schnellstens Beweise finden, denn der inzwischen durch den Haftrichter erlassene Haftbefehl dürfte unter den jetzigen Umständen nicht lange aufrechtzuerhalten sein."

Mit den Worten: „Ich danke für Ihre Aufmerksamkeit und bitte Sie, auch den nur kleinsten Hinweisen aufmerksam nachzugehen", schloss Hauptmann Behrend seinen Vortrag und die Dienstberatung.

Es war drückend schwül in den Diensträumen der Kriminalpolizei, obwohl alle Fenster geöffnet waren und die Kirchturmuhr gerade erst zehn Uhr geschlagen hatte. Leutnant Thorsten Hinze blätterte lustlos in den vor ihm auf dem Schreibtisch liegenden Unterlagen, die er bereits Wort für Wort auswendig kannte. Trotzdem fand er keinen Anhaltspunkt dafür, in welcher Richtung er die Ermittlungen weiterführen sollte. Ihm war bewusst, dass endlich Beweise für die von den untersuchenden Ermittlern aufgestellten Vermutungen gefunden werden mussten. Die Beschuldigten aber blieben nun schon seit zwei Wochen bei den von ihnen gemachten Aussagen. Heinz Trebs fühlte sich offensichtlich von Vernehmung zu Vernehmung immer sicherer und verlangte, mit seiner Frau endlich entlassen zu werden. Er drohte an, nach seiner Entlassung Schadenersatzansprüche gegen den Staat geltend zu machen.

Die Stille des Raumes wurde plötzlich durch das schrille Läuten des Telefons unterbrochen. Nachdem Hinze sich gemeldet hatte, ertönte eine männliche Stimme, die sehr schwer zu verstehen war. Erst als Leutnant Hinze gebeten hatte, noch einmal die Nachricht ruhig und etwas langsamer zu wiederholen, hörte er: „Mein Name ist Große. Ich bin der Stellwerksmeister vom Stellwerk Weißenfels. Unsere Kollegin Krause ist gestern aus dem Urlaub gekommen. Sie hatte am 13. Juli Dienst auf dem Stellwerk und hat mir heute, als wir die Sache noch einmal besprochen hatten, eine besondere Beobachtung mitgeteilt, die eventuell von Bedeutung sein könnte. Am besten Sie kommen her und sprechen mit meiner Kollegin selbst. Es handelt sich um den Zug D 3410." Dann brach das Gespräch zusammen.

Thorsten Hinze fühlte, wie sein Herz heftiger zu schlagen begann. Sollte das, was die Stellwerkerin beobachtet hatte, endlich den Durchbruch in den Ermittlungen bringen? Sofort verständigte er Hauptmann Behrend von diesem Telefonat. Dieser entschied: „Nehmen Sie einen Dienstwagen und fahren Sie gemeinsam mit Leutnant Borstel nach Weißenfels. Ich verständige die Reichsbahn, damit sich die Zeugin in den Diensträumen des Bahnhofsleiters um vierzehn Uhr einfindet. Und wenn Sie zurückkommen, geben Sie mir unverzüglich Bescheid. Ich werde dann auf jeden Fall noch hier sein."

Auch in den Diensträumen des Bahnhofsleiters war es unerträglich schwül. Die geöffneten Fenster hielten durch die Gazefenster zwar die Fliegen, aber nicht die Hitze fern. Und so tranken die drei Männer statt des üblichen Kaffees kalten Obstsaft. Ein Ventilator, der auf dem Schreibtisch des Bahnhofleiters stand, blies diesem zwar den Wind ins Gesicht, änderte aber nichts an der Temperatur, die im Raum herrschte. Thorsten Hinze informierte gerade kurz den Leiter des Bahnhofes, Herrn Droste, und den Stellwerksmeister Große über den derzeitigen Stand der Ermittlungen, ohne in Einzelheiten zu gehen, als die Tür aufging und eine Frau den Raum betrat. „Das ist Kollegin Krause", stellte der Dienststellenleiter vor, dann nahmen alle Anwesenden wieder Platz. Nachdem ein paar belanglose Worte über die Hitze gewechselt worden waren, bat der Ermittler Frau Krause, ihre Eindrücke vom 13. Juli im Zusammenhang mit dem vorbeifahrenden D 3410 ohne Scheu zu schildern.

Als sich die Stellwerksmeisterin etwas besonnen hatte, berichtete sie: „Ich hatte am genannten Tag Dienst und befand mich auf dem Stellwerk, als der D 3410 gemeldet wurde. Pflichtgemäß stellte ich mich an eines der Fenster im Stellwerk, um den vorbeifahrenden Zug zu beobachten und mich zu vergewissern, dass nichts Ungewöhnliches am Zug zu sehen war. Es war auch an diesem Tage sehr heiß und ich freute mich schon sehr auf meinen Urlaub", erinnerte sie sich. Nach einer kleinen Pause des Nachdenkens setzte die Stellwerkerin ihren Bericht fort: „Dann kam der Zug, der noch ziemlich langsam fuhr, da er gerade den Bahnhof verlassen hatte. Plötzlich bemerkte ich erschrocken, dass die Tür eines Waggons halb geöffnet war. Direkt an der Tür stand eine Frau, hinter ihr ein Mann, der die Tür festhielt und sie dann aber zugemacht hat, wie ich erleichtert feststellte. Ich dachte, dass die Tür bei Abfahrt des Zuges nicht richtig geschlossen worden war und wunderte mich, dass das der Fahrdienstleiter bei Abfahrt des Zuges nicht bemerkt hatte." Zögernd gab Frau Krause zu: „Diese Beobachtung habe ich vergessen, ins Dienstbuch einzutragen. Es tut mir leid. Ich hatte gleich nach der Durchfahrt des Zuges Dienstschluss und ich musste mich beeilen, weil wir doch in wenigen Stunden unsere erste Fahrt in den Urlaub mit unserem Trabbi antreten wollten. Ich war schon ganz schön aufgeregt. Von diesem schrecklichen Unfall – oder war es ein Mord? – habe ich erst heute, als ich aus dem Urlaub gekommen bin, erfahren. Als wir dann in unserer Dienstbesprechung vom Bahnhofsleiter aufgefordert wurden, noch einmal zu überlegen, ob uns am genannten Tag am D 3410 etwas aufgefallen wäre, habe ich mich an diesen Vorfall erinnert. Furchtbar. Das arme, arme Kind."

„Haben Sie sonst noch etwas bemerkt?"

„Die Frau und auch der Mann hatten einen so komischen Gesichtsausdruck. Irgendwie versteinert."

„Hatten Sie den Eindruck, dass Sie von dem Mann und der Frau beim Vorbeifahren des Zuges gesehen worden sind?"

„Ja, denn der Mann und ich haben uns direkt angeschaut."

„Kann man denn so genaue Beobachtungen vom Stellwerk aus machen?"

„Das kann man, weil die Züge dicht am Stellwerk vorbeifahren. Doch Sie können sich gleich selbst davon überzeugen, denn in einer Viertelstunde fährt wieder, aus Leipzig kommend, ein D-Zug nach Berlin. Wir können auf das Stellwerk gehen."

Thorsten Hinze nahm das Angebot an. Die zwei Eisenbahner und Frau Krause begleiteten ihn.

Wie vorausgesagt, konnte sich der Ermittler überzeugen, welche genauen Beobachtungen vom Stellwerk aus möglich waren. Er sah die am Fenster sitzenden Fahrgäste, ihre Gesichter, Mimik und Gesten deutlich. Diese Feststellung verblüffte ihn und machte die Aussagen der Stellwerksmeisterin glaubhaft.

Aufgeregt beeilte sich Thorsten Hinze wieder zurückzufahren und seinen im Büro in Erfurt wartenden Chef das

Ergebnis dieser Befragung und seiner eigenen Beobachtung mitzuteilen. Er war sich darüber im Klaren, dass die Aussage der Stellwerkerin den bestehenden Verdacht bestätigte und den lang gesuchten Durchbruch in der Ermittlungsarbeit brachte.

Noch am selben Abend ließ Hauptmann Behrend die Mitglieder der Sonderkommission für den nächsten Tag zu einer außerordentlichen Beratung rufen.

Als Thorsten Hinze über die Aussagen der Stellwerksmeisterin berichtete, konnte man spüren, wie gespannt die Anwesenden lauschten. Jedem war sofort klar, dass das die entscheidende Wende in den Ermittlungen bedeutete. Gemeinsam wurden die weiteren Maßnahmen festgelegt. Alle waren sich einig, dass Frau Trebs zuerst mit diesen Erkenntnissen konfrontiert werden müsste, da sie offensichtlich nur auf Druck ihres Mannes die Unwahrheit sagte.

Blass und verhärmt saß die Beschuldigte vor dem Ermittler, der sich bemühte nicht auf ihren unförmigen Bauch zu starren. Wie auswendig gelernt versuchte sie, ihre bisherigen Angaben zum Sachverhalt zu wiederholen, als Hauptmann Behrend ihr die Aussagen der Stellwerksmeisterin vorhielt. Gleichzeitig machte er ihr deutlich, dass ein weiteres Leugnen zwecklos ist. Sie sollte, so mahnte er die Frau eindringlich, endlich an sich, ihre Kinder und das zu erwartende Baby denken. Da brach sie zusammen.

Erst nach langem Weinen war sie in der Lage, folgende, immer wieder von lautem Schluchzen unterbrochene Aussage zu machen: „Mein Mann, der arbeitet nich, hat noch nie gern gearbeitet und auch die letzten Monate wieder nich. Immer hat der Streit mit seine Kumpel und dem Meister. Immer wieder schmeißen sie den raus und früh is er zu faul, der kommt ja nich ausm Bett raus. Und immer is die Knete knapp. Wir leben ja nur vom Kindergeld, das wir uns immer abholn müssen, da in Erfurt, beim Amt. Da hat mein Mann, der Heinz, gesagt, dass wir nachm Westen gehn, da is das Kindergeld höher und wir kriegn jede Menge Arbeitslosengeld, für Miete Geld und für die Sachen von den Kindern und immer noch mehr. Und auch noch ne große Wohnung. Ich wollte nich mit, trotzdem nich, hatte Angst. Aber der schlägt dann, wenn es nich nach seinem Kopp geht, die Kinder und mich, macht er immer. Nich widersprechen, sonst knallt's, hab ich gedacht. Wir haben dann Fahrkarten geholt, für Ost-Berlin, von dort geht's ja in den Westen, ganz leicht, hat der Heinz, mein Mann, gesagt, is ganz einfach. Und das mit dem Freund, das hat der sich nur ausgedacht. Der hat keinen Freund, nirgends, der doch nicht, weder in Berlin, noch in Erfurt oder woanders. Der hat überhaupt keine Freunde. Gepäck hatten wir nich, mir ham doch nischt. Und im Westen gibt's doch alles, hat der Heinz gesagt. Im Zug ham mir im Abteil für uns gesessn. Für Mutter und Kind und für mich und meinen Mann mit unsere sechs Kinder. Dann musste ich mal aufs Klo, das neue Kind, s' war bei den letzten dreien schon so, dass ich dauernd musste. Das war vorne an der Tür. Michael, der dumme Kerl, is mir wieder nachgelaufn. Der will nich mit dem allein sein. Als ich vom Klo gekommen bin, hab ich den Heinz, meinen Mann, an der Tür des nächstn Wagens gesehn. Der stand da und hat die Tür zugemacht. Und dann, dann hat er sich die Haare glatt gestrichen. Wissen Sie, so über den Kopp. So macht er das immer, wenn er mir oder die Kinder verhaun hat. Dann hat er gesehn, wie ich den auch angeguckt hab. Ich war ja so erschrocken. Hab sone Angst gehabt, immer sone Angst vor dem. Was hat der mit unserm Kind gemacht, unserm Michael, hab ich gedacht.

Da kam der sofort angerannt, der Heinz, mein Mann, Sie wissn schon, von einem Wagen in den andern und stellte sich hinter mich. Ich hab sone Angst gehabt, konnte mir nicht mehr rühren oder was sagn. Ich hab gedacht, das geht nie vorbei. Solche Angst. Niemand war da. Dann hat der mit seine linke Hand die Zugtür aufgemacht, und die andre auf den Rücken von mir getan. Da hab ich gedacht: ‚Jetzt, jetzt schmeisst er dir raus, wie den Michael.' Und da guckte plötzlich die Frau da draußen, die hat uns geseh'n. Das hat der Heinz gemerkt und die Türe wieder zugeknallt. Dann hat er mir gesagt, dass er mir totmacht, wenn ich was sage. Und das hier war nur Probe. Und dann hat er mir auch gesagt, was ich sagen soll, wennse mich fragen. Und wenn ichs nich sage, schlägt er mir tot. Ich hab ja Angst, dass der mir was tut. Die Kinder. Was wird denn dann? Aus denen? Aber nu kann ich nich mehr. Immer seh ich meinen kleinen Michael. So dünn war der. Den hat der ausm Zug geschmissen. Und mir hat er auch totmachen wolln. Nun kann er mir totschlagen. Soller doch."

Nachdem Frau Trebs, die nach dieser Aussage einen nervlichen Zusammenbruch erlitten hatte, in der Lage war, das Protokoll zu unterschreiben, veranlasste Hauptmann Behrend, dass sie medizinisch behandelt wurde und verfügte ihre Entlassung aus der Haftanstalt. Die Kinder aber blieben im Kinderheim, da ihre Versorgung durch die entkräftete und hochschwangere Frau nicht gewährleistet war.

Die Wochen vergingen, der Sommer wurde durch den Herbst abgelöst und auch dieser neigte sich dem Ende zu. Es war einer jener Tage, in denen der Herbst noch einmal seine ganze Schönheit zeigte. Wieder saßen Hauptmann Behrend und ein weiterer Ermittler Heinz Trebs in dem kahlen Vernehmungsraum der Haftanstalt gegenüber. Trebs wollte, wie bisher, erneut alle gegen ihn erhobenen Vorwürfe bestreiten. Doch als ihm Hauptmann Behrend auf den Kopf zusagte, dass seine Frau, nachdem sie nun ihr siebentes Kind, allerdings tot, zur Welt gebracht hat, in einem Strafverfahren gegen ihn, ihre ihn schwer belastende Aussage machen und beeiden will und dass damit auch die Aussage der Stellwerkerin gestützt würde, zeigte der Angeklagte endlich Nerven. Und nachdem die Ermittler eine Stunde auf ihn eingeredet hatten, ihm die Bedeutung der Aussagen der beiden Frauen vor Augen hielten, war er bereit ein Geständnis abzulegen. Er warf seinen Kopf auf die auf dem Tisch liegenden Arme, fing an zu schluchzen und begann seine Aussage damit, wie schwer seine Kindheit und Jugend gewesen sei und dass er bisher nur finanzielle Sorgen gehabt habe.

„Meine Alten tranken den ganzen Tag, kümmerten sich nich um mich und die andren Kinder wollten nicht von mir wissen. Ich war denen zu dreckig. Nie hamse mich zum Geburtstag bei denen eingeladen. Mich mochte niemand. Da hab ich se eben immer verkloppt, in de Schule. Dann wollte ich nur noch weg, von daheeme. Bin auchn paarmal weggeloofen. Da ham se mir in son Kinderheim gesteckt." Nachdem er sich laut die Nase geputzt und sich die Tränen vom Gesicht gewischt hatte, klagte er weiter: „Dann hab ich ganz schnell geheiratet. Sie sah ja damals ganz gut aus und war froh mich zu kriegen, obwohl wir nischt hatten. Aber dann kam jedes Jahr ein neues Balg. Das ewige Geschrei, die nassen Windeln in der Wohnung, immer war ens krank, sie immer mitn dicken Bauch und immer das Gejammer von wegen Geld und so. Das hat mich ganz schön fertiggemacht. Da bin ich manchmal ausgerastet. Und arbeeten, wie sollte ich denn arbeeten gehn, wenn ich nich richtig pennen kann. Hab' ich das alles satt gehabt. Nie war Knete da, ne mistige Wohnung, die hat ja nischt gemacht, keene richtigen Betten und so, und wo die Moneten, was wir for die Kinder gekriegt haben, immer geblieben sind, weeß ich bis heute nich. Is mir einfach schleierhaft."

Trebs machte eine längere Pause. Es war sehr ruhig im Verhandlungsraum, nur das Surren einer Fliege war zu hören. Dann erzählte der Beschuldigte weiter: „Schon lange hab ich den ganzn Mist und besonders die schäbige Bude satt gehabt. Und nie Geld. Ich weiß ja, wies denen drüben gut geht und wie viel die kriegn, och wenn se keene Arbet habn. Die ham trotzdem en Auto und fahrn damit rum. Hier langn die paar Kröten, die man kriegt, für so was nich. Und'n Auto? Da werd ich alt drüber, bevor ichs krieg. Och wenn ich die Knete hätte. Ich wollte endlich auchn Auto und ne große Wohnung. Mindestens vier Zimmer. Also hab ich meiner Alten gesagt: Mir gehen nachm Westen. Aber wenn mir gefragt werdn, sagn mer, wir besuchen meinen Freund in Ost-Berlin."

Wieder trat eine längere Pause ein, die auch die Ermittler nicht unterbrachen.

„Erst wollte die Alte ja nich, aber dann sind wir doch los. Das Geld für die Fahrkarten ham wa zusammengekratzt. Im Zug ham wa ein eigenes Abteil gekriegt. Unterwegs musste meine Frau aufs Klo. Da ist ihr der Junge nachgegangen. Der muss ihr immer am Rockzipfel hängn. Dann bin ich auch raus, ausm Abteil. Ich wollte sehn, was die beiden machn, wo sie sind. Als ich Michael vor der Tür des anderen Wagens stehn und auf seine Mutter warten sah, kam mir plötzlich der Gedanke, dass ich ohne die ganze Bagage viel besser dran wäre. Die würden mir alle sowieso das ganze Leben wie ein Klotz am Bein hängn. Mit denen würde ich zu nischt kommen. Aber wenn ich abhauen will? Der Michael passt immer wie ein Hund auf mich auf und beobachtet mir. Wie soll ichn da wegkommn? Und da war klar, jetzt, jetzt konnte ichn loswerden. Ich habe mich hinter den gestellt, die Zugtür aufgemacht und stießn raus. Wie ichs mit den anderen machen sollte, wusste ich noch nicht. Da sah ich, beim Zumachen der Tür, dass mich die Alte beobachtete. Ich wusste nich, wie viel die gesehn hatte. Da hab ich Schiss gekriegt. Ich habe aber sofort gewusst, dass die weg muss, gleich. Die würde ein Geschrei machen und mich verratn. Ich hatte sie und ihre ewigen Schwangerschaften und der ihr Gejammer sowieso satt. Die hat mir schließlich mein Leben verpfuscht. Wär sie nicht so dämlich, hättn wir nich so viele Görn. Was ich danach machn sollte, wusste ich so genau noch nich. Aber ich dachte, Hauptsache die is weg. Da kann ich ohne die andern abhaun. Die wärn schon nich verhungern. Die komm ins Kinderheim und hams dann gut. Es werdn sich schon andere um die kümmern."

Erneut stockte Trebs mit seinem Bericht und sah auf seine Hände. Schließlich gestand er: „Ich bin also in den anderen Wagen zu der gegangen und habe mich hinter die gestellt. Und die war ja wie son alter Gaul und blieb stur stehen und muckste sich nich. Ich hab die Tür aufgemacht, um sie rauszuschubsen, da habe ich gesehn, dass die Frau, die da oben aufm Stellwerk war, mich beobachtet hat. Schnell hab ich deshalb die Tür zugezogen, damit die denkt, ich wollte 'ne offne Tür zumachen. Dann hab ich so getan, zu meiner Alten, als ob ich sie nur erschrecken wollte, damit sie anderen gegenüber ihre Gusche hält. Ich hab ihr auch eingetrichtert, was se sagn muss, wenn se jemand fragt. Ich hab ihr auch gedroht, sie umzubringen, falls se das alles nich so macht, wie ichs ihr gesagt hab. Sie hat mirs auch versprochen, alles so, wie ichs will, zu sagen. Später hab ich dann, damit die Kinder das sehn und sagn könn, zweimal das Abteil verlassen und gesagt, ich suche den Michael. Dann hat die Alte gesagt, dass ich das dem Zugschaffner sagn soll. Mit dem hab ich dann wieder nach dem Michael gesucht und dabei so getan, als wenn ich sehr verzweifelt gewesen wär."

Hauptmann Behrend fühlte neben dem Entsetzen über das so kaltschnäuzig gegebene Geständnis eine ungeheure Erleichterung. Jetzt fügten sich die Ermittlungsergebnisse zu einem vollständigen Bild und bestätigten den Verdacht der Ermittler. Sie hatten also richtig gehandelt, als sie ihrer Lebenserfahrung folgten. Nun konnte der Fall abgeschlossen und an die Staatsanwaltschaft abgegeben werden.

Gleichzeitig war sich der Ermittler bewusst, dass Trebs sein Geständnis widerrufen könnte, wenn bei ihm die Angst vor der zu erwartenden Aussage seiner Frau vor Gericht nachgelassen hatte. Er wusste, Trebs war raffiniert und würde versuchen, ohne Strafe davonzukommen. Als erfahrener Kriminalist und Ermittler gab er ihm, wie in solchen schweren und brisanten Fällen üblich, Papier und Bleistift und forderte ihn auf, das abgegebene mündliche Geständnis in seiner Zelle schriftlich zu wiederholen. Am nächsten Tag lag den Ermittlern das Schriftstück vor.

Entsprechend den geltenden Bestimmungen der Strafprozessordnung hatte die Staatsanwaltschaft auf der Grundlage des Abschlussberichtes der Bezirksbehörde der Volkspolizei Anklage vor dem Bezirksgericht Erfurt erhoben, das das Strafverfahren durch Beschluss eröffnete. Nachdem dem Angeklagten der Eröffnungsbeschluss in der Haftanstalt zugestellt worden war, widerrief Trebs, wie schon befürchtet, sein Geständnis. Die Behauptung, dass er durch Hypnose zu der Aussage gezwungen worden sei, verblüffte aber alle. Es zeigte, wie gerissen der Angeklagte war. Und mit dieser Begründung verlangte er die Einstellung des Verfahrens und seine Entlassung aus der Haftanstalt.

Durch die Bezirkszeitung aufmerksam gemacht, drängten viele Neugierige an diesem Frühlingstag des Jahres 1957 in den Verhandlungsraum des Bezirksgerichtes Erfurt. Nachdem die Personalien des Angeklagten festgestellt und die anderen Formalitäten erledigt worden waren, wurde der Eröffnungsbeschluss zum Gegenstand der mündlichen Verhandlung gemacht und Trebs aufgefordert, zu den ihm zur Last gelegten strafbaren Handlungen Stellung zu nehmen. Wie zu erwarten, bestritt der Angeklagte die Tat und widerrief nun auch mündlich in der Hauptverhandlung seine Geständnisse mit der Behauptung, dass er diese unter dem Zwange einer Hypnose abgegeben habe.

Nachdem das mündliche und auch das schriftliche Geständnis des Angeklagten vorgelesen und die Zeugen zu seiner Person und zu den gemachten Beobachtungen vernommen worden waren, traten die als Sachverständige berufenen Mediziner Dr. Rehnelt von der Pathologie Erfurt und Dr. Wenzel von der Charité Berlin vor Gericht auf und machten ihre mündlichen Aussagen. Dr. Rehnelt verlas sein Gutachten zur Todesursache von Michael Trebs und stellte noch einmal fest, dass der Junge an den Folgen des Sturzes verstorben war. Gleichzeitig gab er auch die vielen alten Verletzungen des Kindes zu Protokoll, die auf schwere Misshandlungen zurückzuführen waren.

Danach nahm Dr. Wenzel als Facharzt, der zu therapeutischen Zwecken gelegentlich auch mit Hypnose arbeitete, das Wort. Er führte unter anderem aus, dass niemand unter Hypnose dazu gebracht werden kann, ein nicht begangenes Verbrechen zu gestehen oder auch ein solches zu begehen und dass eine Fernhypnose weder möglich ist, noch dass es sie gibt. Damit bestätigte er die Gültigkeit des mündlichen, wie auch des schriftlichen Geständnisses des Heinz Trebs.

Noch war es hell, als die Zuhörer des Strafprozesses gegen Heinz Trebs das Gerichtsgebäude verließen. Vor ihnen lag der Domplatz im Lichte der untergehenden Sonne und die letzten Blumenverkäufer schlossen ihre Stände. Unbeeindruckt vom Lärm und Treiben der Stadt sangen die Vögel ihr Abendlied.

Die Menschen, die die Treppen des Gebäudes hinabgingen, waren auffallend still. Jeder von ihnen war mit seinen eigenen Gedanken und dem Gehörten beschäftigt, aber es gab keinen unter ihnen, der das ausgesprochene Urteil zu hart empfunden hätte. Heinz Trebs war wegen Mordes an seinem Sohn Michael und wegen versuchten Mordes an seiner Frau zu lebenslänglichem Zuchthaus verurteilt worden.

Wieder war es Herbst geworden. Frau Trebs hatte sich von ihrem Zusammenbruch immer noch nicht erholt, während sich ihre Kinder im Kinderheim eingelebt hatten und sich dort offensichtlich wohl fühlten. Manchmal fragten sie nach ihrer Mutter, die sie ab und zu besuchte, doch niemals nach ihrem Vater. Auch wenn sie das Märchen von Schneewittchen hörten – „so weiß wie Schnee, so rot wie Blut und so schwarz wie Ebenholz" – dachten sie nie an den Mann, der wie Schneewittchen aussah und trotzdem so böse war.

„Vergängliche Schönheit"

Der Nachlass

Der Tag versprach so trostlos zu bleiben, wie der Vormittag sich zeigte. Kräftig jagte der Wind die Wolken in Fetzen vor sich her und alles war grau in grau. Ein leichter Nieselregen vervollständigte das Unbehagen, das die Wartenden empfanden und jeder von ihnen wünschte, es wäre alles schon vorbei. Es waren wenige Menschen, die sich fröstelnd vor der kleinen Kapelle des Friedhofes eingefunden hatten, um dem Verstorbenen das letzte Geleit zu geben. Ihre Kleidung wirkte ärmlich, passte oft nicht zusammen und war manchmal viel zu weit. Aber wer wollte in diesem Jahr 1946, dem ersten Jahr nach dem langen Krieg, noch irgendwelche Ansprüche stellen? Jeder war froh, dass er überhaupt etwas zum Anziehen hatte, und dem Toten wäre es sowieso gleichgültig gewesen, wie sie gekleidet waren. Den Gesichtern der Versammelten sah man die Entbehrungen der vergangenen Jahre an und jeder von ihnen hoffte, nach der Trauerfeier zu einem den Toten ehrenden kurzen Zusammensein mit einem Imbiss eingeladen zu werden, denn mancher Magen der Anwesenden war heute noch leer.

Obwohl die für die Trauerfeier angesetzte Zeit längst überschritten worden war, blieb die Kapelle verschlossen und auch der bestellte Trauerredner war weit und breit nicht zu sehen. Langsam machte sich unter den Frierenden eine gewisse Unruhe breit und die wenigen spärlichen Gespräche verstummten nach und nach ganz. Ab und zu hörte man das laute, unmelodische Krächzen der in den Friedhofsbäumen sitzenden Krähen. Trostloser konnte ein Tag kaum sein. Auch Erika, die Lebensgefährtin des Verstorbenen, unterbrach schließlich ihr leises Weinen und schaute irritiert auf die verschlossene Tür der Trauerhalle, hinter der sie den Heimgegangenen vermutete.

Endlich kam ein Mitarbeiter der Friedhofsverwaltung und fragte, was die hier Anwesenden wollten. Es folgte ein kurzer Wortwechsel, in dem der Friedhofsangestellte versicherte, dass sich in der Kapelle kein Sarg befände und keine Vorbereitungen zu einer Trauerfeier getroffen worden seien.

Fassungslos schauten sich die Wartenden an und nach einigem Hin und Her beschloss die kleine Trauergemeinde, gemeinsam in das Büro der Friedhofsverwaltung zu gehen und so drängten sie, Erika vor sich herschiebend, eilig zu den Verwaltungsräumen. Sie blieben alle zusammen, denn keiner wollte etwas verpassen und vielleicht klärte sich alles noch auf und es gab nachher doch noch die ersehnte Einladung in eine warme Stube zu einem kleinen Essen mit Umtrunk.

Verwundert schaute der Leiter der Friedhofsverwaltung auf, als sich das Häufchen fröstelnder Gestalten in sein kleines Büro drängte, in dem ein eisernes Öfchen spärliche Wärme spendete. Nachdem sich das entstandene Durcheinander gelegt und einer der Hinterbliebenen den Sachverhalt erklärt hatte, mussten sie erfahren: „Die Leiche und der Sarg sind weg!" Niemand wollte das glauben, und Erika hörte vor Schreck zu weinen auf. Aber das alles war kein schlechter Scherz. Die sterblichen Überreste des toten Max waren einschließlich des von Erika bestellten und bereits bezahlten Sarges schon unter der Erde. Zwei Tage vor der angesetzten Trauerfeier waren zwei Frauen beim Bestatter und der Friedhofsverwaltung erschienen und hatten energisch die Überführung des Verstorbenen in seinen Heimatort gefordert. Sie wiesen sich als Witwe und Tochter des Verblichenen aus und verlangten die Bestattung ihres Mannes und Vaters im Familiengrab. Hier, in der Stadt, hatte Max, der Treulose, ungesetzlich nur in „wilder Ehe" mit der anderen gelebt. Das änderte aber nichts daran, dass nur ihnen, als den rechtmäßigen Erben, der Tote gehöre, weshalb sie seine Herausgabe verlangten. Das wurde alles durch entsprechende Urkunden belegt.

So etwas hatten weder das Bestattungsunternehmen, noch die Friedhofsverwaltung jemals erlebt. Auch bei der Polizei, die um Entscheidungshilfe gebeten worden war, konnte sich kein Mitarbeiter erinnern, schon einmal von einem solchen Fall gehört zu haben. Schließlich, nach längerer aufgeregter Diskussion und Konsultation der übergeordneten Behörde, waren sich die Entscheidungsträger einig: „Der Verstorbene gehört zum Nachlass und dieser gehört den gesetzlichen Erben, also der Witwe und der Tochter. Sie bestimmen, wo er seine letzte Ruhestätte haben soll. Schließlich sind sie, nach dem vorgelegten Testament, die Erben." Nach dieser weisen Entscheidung wurden Sarg und Leiche zu dem kleinen Dorffriedhof gebracht, wo Max Bender inzwischen seine letzte Ruhestätte im Familiengrab gefunden hat.

In all der Aufregung und dem Bestreben, die ungewöhnliche Angelegenheit gesetzestreu zu regeln, hatte niemand an die Partnerin des Verblichenen gedacht, mit der er hier unverheiratet zusammengelebt und die den Sarg und die Trauerfeier bereits bestellt hatte. Und so hatte Erika, in Unkenntnis des aktuellen Standes der Dinge, alle üblichen Vorbereitungen für die Bestattung ihres Partners getroffen. Das war dem Friedhofsdirektor zwar sehr peinlich, aber mangels eines Sarges und eines Toten konnte es nun mal hier, auf diesem Friedhof, keine Trauerfeier und Beerdigung geben. Also schob er schließlich die immer noch Zögernden unter vielen Entschuldigungen aus seinem Büro mit dem Hinweis an Erika, sich die entstandenen Kosten von den Erben zurückzuholen.

Die weinte nicht mehr, sondern war nur noch wütend und beschloss: „Wir machen die Trauerfeier für meinen Max auch ohne Leiche", und erleichterten Herzens begaben sich nun alle verhinderten Trauergäste in die kleine Wohnung, in der Erika und Max gewohnt hatten. Gemeinsam wurden die Möbel zur Seite gestellt und ein langer provisorischer Tisch wurde aufgebaut, mit Hilfe der Nachbarn erhielt jeder einen Stuhl. Dann tafelte Erika den vorbereiteten Kartoffelsalat mit den falschen Buletten und den von Max selbstgebrannten Schnaps auf. Eifrig wurde im Gedenken das Glas erhoben und der Vorrat an Alkohol durch die Nachbarn mit selbstgemachten Stachelbeer- und Johannisbeerwein, den sie Dank ihrer kleinen Schrebergärten für besondere Gelegenheiten angesetzt hatten, gesichert. Es dauerte nicht lange und die Körper und Herzen der Trauernden wurden von den vielen gedenkenden Trinksprüchen und Anekdoten warm, der Alkoholspiegel stieg und die Heiterkeit und das Lachen wollten kein Ende nehmen. Erst als der beste Freund des Toten unter den Tisch rutschte, meinte die Trauergemeinde, dass der Moment des Abschieds gekommen sei. Otto hatte sich, als er einen Nachruf sprechen wollte, völlig verheddert, weil er nicht wusste, ob er den Geist von Max nun im Familiengrab oder hier in dieser Runde suchen sollte.

Die Sonne war nun am späten Nachmittag hinter den Wolken hervorgekommen und verklärte den so düster begonnenen Tag. Erika setzte sich leise weinend auf das Sofa, schaute auf das schmutzige Geschirr, dass die Gäste hinterlassen hatten, dachte an ihren Max, den sie sich bei der ungeliebten Frau im Sarg gar nicht vorstellen wollte und sagte laut in das leere Zimmer: „Und du hattest doch noch eine schöne Trauerfeier. Auch wenn die andere sie dir und uns nicht gegönnt hat." Dann legte sie sich schluchzend auf das Sofa, wickelte sich in eine Decke und während sie an den Toten und die Aufregungen des heutigen Tages dachte, glitt sie in das Reich der Träume, die ihr ihren Max zurückbrachten.

„Alles fließt, nichts bleibt."

Man steigt nie in denselben Fluss

> Erinnern ist der Weg in die Vergangenheit;
> Hoffen und Planen ist der Traum von der Zukunft;
> Leben aber ist Gegenwart, das Heute.

Noch immer eilte der Fluss unter der Brücke seinem fernen Ziel, dem Stettiner Haff entgegen, die sich dem Auge bietende Landschaft sah vertraut aus wie eh und je. Und doch lagen zwischen dem Tag, als sie das letzte Mal hier auf dieser alten Brücke gestanden und in den Fluss geschaut hatte und dem heutigen sechzig lange Jahre. Jahre, in denen sich alles für sie und alles für den Fluss geändert hatte. Damals, als sie an diesem kalten Januartag hier gestanden hatte, war der Fluss in eisiger Kälte erstarrt und hatte abweisend auf ihr trauriges Gesicht geschaut. Sie hatte das Gefühl, er wusste, dass sie ihn verlassen würde.

Oft hatte er ihr schmales Ruderboot auf seinem Rücken getragen. Während die Sonne sich in ihm spiegelte und ihn zum Leuchten und Glitzern brachte, hatte er ihr ein Gefühl der Freude und des Glücks vermittelt. Einmal, als sie als Kind leichtsinnig und seine Kraft unterschätzend, unerlaubt zum Schwimmen in seine Fluten gestiegen und von einem Strudel mehrmals in die Tiefe gezogen worden war, hatte er sie wieder nach oben gebracht und an das Ufer geworfen. Sie liebte diesen Strom und wo immer sie sich aufhielt in der Welt, waren ihre Gedanken oft voller Sehnsucht zu ihm geeilt.

Nun, da sie alt geworden war, wollte sie noch einmal an seinen Ufern stehen, seinen eiligen Lauf beobachten, sich in ihre Kindheit und Jugend zurückträumen und die Vergangenheit mit ihren glücklichen Tagen in die Gegenwart holen. Zwar wusste sie, dass niemand zweimal in denselben Fluss steigen kann, dass Vergangenheit Erinnerung bleibt, aber dann, als sie an dem vertrauten Platz ihrer Kindheit und Jugend stand, waren der Wunsch und das Gefühl stärker als ihr Verstand.

So war sie durch die Stadt gelaufen, hatte nach den vertrauten Wegen, Straßen und Häusern gesucht und sich der Erinnerung hingegeben. Neben den neuen, ihr unbekannten Gebäuden und Plätzen hatte sie auch gefunden, wonach sie gesucht hatte. Alt wie sie waren sie geworden, nur dass die Häuser und Stätten ihrer Kindheit und die Straße, in der sie gewohnt hatte, früher viel größer und breiter gewesen waren. Über den Läden, die sie zu kennen glaubte, hingen neue Schilder in einer ihr fremden Sprache, die Menschen um sie herum unterhielten sich mit fremder Zunge, und sie kannte niemanden mehr.

Immer wieder tauchten auf ihren Wegen durch die Stadt alte Kirchen auf, an deren Türme und Silhouette sie sich erinnern konnte. Ihre Großmutter, die das Kriegsende in der zur Festung erklärten Stadt erlebte, hatte ihr später in der Fremde von dem schweren Bombardement zu Ostern 1945 erzählt. Viele Kirchen waren dabei zerstört worden und durch die wütende Feuersbrunst, die am ersten Osterfeiertag durch die Straßen der Stadt jagte, fingen die Kirchenglocken, deren Türme unversehrt geblieben waren, von alleine zu läuten an. Diese unregelmäßigen, dunklen, schweren Klänge, die sich mit dem Brausen und dem Getöse des Feuersturms vermischten, seien wie ein Zeichen, wie eine große Anklage, ein Weinen und Abschiednehmen gewesen. Sie hätten die Herzen der Menschen mit Angst und Trauer und bangen Ahnungen für die Zukunft erfüllt.

Auch die Kreuzkirche auf der Dominsel hatte die Fliegerangriffe und das Chaos überlebt. In ihr hatte sie die Kommunion als Zehnjährige empfangen. Im katholischen Sinne erzogen, hatte sie vor allem gelernt, dass die Liebe zum Nächsten den gleichen Rang hat wie die Liebe zu Gott. Als sie aber in den eiskalten Januartagen des Jahres 1945 mit ihrer Mutter allein über die Landstraßen zog, blieben ihnen viele Türen der Häuser und Gehöfte verschlossen, auch die der Kirchen und Gemeindehäuser. Selten, und dann nur in den Hütten der ärmeren Bevölkerung, fanden sie Unterschlupf, wurde ihnen ein Obdach gewährt. Am Straßenrand liegende erfrorene Menschen und Tiere kündeten davon, dass auch ihnen keine Hilfe zuteil geworden war. Tief empfand sie den Widerspruch zwischen der christlichen Lehre und dem unchristlichen Handeln derer, die erbetene Hilfe kalten Herzens versagten. So lernte sie die Schrecken des Krieges kennen. In diesen Tagen und Monaten hörte sie auf, Kind zu sein. Sie begann zu hinterfragen, was sie zuvor als gültige Regel anerkannt hatte und trennte sich innerlich, später offiziell von ihrer Kirche.

Während sie nun in den Fluss schaute, über den die kreischenden Möwen jagten, fragte sie sich, warum sechzig lange Jahre vergehen mussten, bis sie noch einmal den Weg in ihre Heimatstadt gefunden hatte.

Ihre Gedanken gingen zurück in die ersten Jahre nach dem Krieg. Da mussten der Hunger besiegt und ein neues Zuhause gefunden werden, denn die Grenzen zur Heimat wurden geschlossen und gegen eventuelle Rückkehrer streng bewacht. Die deutsche Bevölkerung, die zu dieser Zeit noch in ihrer alten Heimat lebte, wurde systematisch und organisiert vertrieben oder – wie man beschönigend sagte – umgesiedelt, und die deutsche Sprache durfte hier nicht mehr gesprochen werden. So blieben den heimatlos Gewordenen nur Sehnsucht und Erinnerung.

Bald wurde die Gegenwart stärker als Vergangenes und prägte die Wünsche des Augenblicks und der Zukunft. Jung, wie sie war, nahm sie die Herausforderungen an und wandte sich dem Neuen zu. Je mehr sich der Alltag normalisierte, desto größer wurden Wünsche und Hoffnungen für die Zukunft. Für ein Rückwärtsschauen hatte sie keine Zeit. Dank ihrer Jugend fiel es ihr leichter als älteren Menschen, ihr Leben fern der Heimat zu planen und zu gestalten.

Diese ersten Jahre nach dem Krieg dienten auch der Vorbereitung auf das kommende Leben. Dazu gehörten vor allem die Studienjahre. Träumte sie sich in dieser Zeit aus der Gegenwart, dann keinesfalls in die Vergangenheit zurück, sondern in die Zukunft. Da lag alles, was sie erreichen wollte, mit dem sie sich beschäftigte. Wieder hatte sie keine Zeit und auch kein Verlangen, sich der Vergangenheit zuzuwenden.

Vieles hatte sie in den darauffolgenden Jahren erreicht. Die Gegenwart war prall und rund und neben dem Beruf waren die Pflichten, die die Familie mit sich brachte, zu bewältigen. Und für ein Rückwärtsschauen fand sie weder Zeit noch Muße.

Doch mit zunehmendem Alter wurden die Anforderungen, die die Gegenwart an sie stellte, immer geringer. Das Berufsleben war zu Ende, die Tochter hatte ihre eigene Familie gegründet und lebte in ihrer eigenen Welt und durch den Tod ihres Mannes, ihrer Großmutter und ihrer Mutter war die Einsamkeit in ihr Leben getreten. In den nachfolgenden Jahren nahm die Leere um sie herum zu, denn weitere Freunde und Bekannte gingen diesen letzten Weg. So zwang sie das Leben, die jetzt so reichlich vorhandene freie Zeit anders zu nutzen, sich neue Aufgaben zu stellen und sich fremde Gebiete zu erschließen. Es war die Zeit, die ihr viel Raum für ihre eigenen Interessen ließ, ihr neue Inhalte, Freuden und Freunde brachte.

Nach und nach aber setzte ihr das Leben neue Grenzen. Das Alter verminderte ihre Leistungsfähigkeit, die aktiven Stunden des Tages wurden geringer und damit auch ihre Wünsche und Träume für die Zukunft. Als Folge des veränderten Ablaufs ihrer Tage wurde nun der Raum für die Erinnerungen immer größer. Bilder, die sie längst vergessen glaubte, tauchten aus ihrem Inneren auf, Stunden der Kindheit und Jugend kehrten zurück und mit ihnen die Sehnsucht, die Stadt und den Fluss ihrer Heimat noch einmal zu sehen.

Jetzt wusste sie aus eigenem Erleben, dass alles seine Zeit hat und auch das menschliche Dasein dem Wandel und der Veränderung unterliegt. Und ihr wurde bewusst, nur wenn sie bereit war, dieses Naturgesetz anzuerkennen, konnte sie die Freuden des Alters finden.

Die Stunde des Abschieds war gekommen. Morgen schon wird auch dieses Wiedersehen für sie Geschichte und Erinnerung sein, die ein wesentlicher Teil ihres Alters ist. Zum zweiten Mal in ihrem Leben trennte sie sich von der Stadt und dem Fluss. Heute jedoch war alles anders als am 22. Januar des Jahres 1945. Friedvoll lagen Breslau und die Oder im Sonnenschein und geschäftig gingen ihre Bewohner der Arbeit nach. Heute nahm sie wirklich Abschied von dem Fluss, der auch nicht mehr derselbe war und von der veränderten Stadt, die an seinen Ufern entstanden und die nun nicht mehr die ihrige war. Sie wusste, es war ein Abschied für immer.

„Weg im Wendland", Öl

Von wahrer Liebe

Es war Liebe auf den ersten Blick. Natürlich sah er gut aus mit seinen großen dunklen Augen und seinem lockigen Haar. Als er mich bei unserem ersten Zusammentreffen anschaute, ging es mir durch und durch und ich wusste: den wollte ich oder keinen.

Es gelang mir auch, ihn zu bekommen. Seines Aussehens wegen nannte ich ihn zärtlich Blacky. Nach und nach entwickelte sich eine große Zuneigung zwischen uns, am liebsten wollten wir immer zusammen sein. Aber das ging nicht. Er konnte mich ja nicht zur Arbeit begleiten, um bei mir zu bleiben. Trafen wir uns endlich nach Feierabend, war die Freude riesengroß und unsere Begrüßung immer stürmisch. War ich einmal traurig, so tröstete er mich, bis ich wieder froh wurde. Er gab mir die Gewissheit, nicht allein zu sein und bedingungslos geliebt zu werden. Seine Treue stellte ich nie infrage.

Doch eines Morgens, im kalten Winter, ging er früh aus dem Haus und kam nicht, wie vorgesehen, bis spätestens mittags zurück. Nach und nach wurde ich sehr unruhig und machte mir Sorgen. Wo mag er sein und was macht er? Stundenlang starrte ich aus dem Fenster. Was sollte ich nur tun? Der Abend brach herein und noch immer war ich ohne ihn. In der Nacht hörte ich auf jedes Geräusch, aber vergebens, er kam nicht. Der nächste Tag brach an, der Mittag war vorüber, doch von ihm keine Spur. Das hatte er noch nie gemacht. Dann endlich, kurz bevor die Dämmerung hereinbrach, stand er vor meiner Tür. Doch wie sah er aus? Müde und abgekämpft. Nach dem Duschen hatte er nur noch das Bedürfnis zu schlafen.

Ich war so froh, dass er zurückgekommen war, dass ich ihm alles verzieh.

Dabei war er selbst sehr eifersüchtig und manchmal wurde unser Zusammensein getrübt, weil er immer im Mittelpunkt stehen wollte. Hatten wir Gäste, mochte er es gar nicht, wenn ich mich zu sehr mit ihnen befasste. Dann versuchte er sehr energisch, die Aufmerksamkeit auf sich zu lenken. Einen Nachbarn in meinem Alter mochte er gar nicht. Stand der schon vor der Haustür, wenn ich von der Arbeit kam, um sich bei mir Rat zu holen, fixierte er ihn mit so finsteren Blicken, dass dieser Mann verunsichert bald wieder ging.

Wenn das Wetter es zuließ, machten wir lange Spaziergänge. Auch auf den einsamsten Waldwegen hatte ich nie Angst, denn ich wusste, er würde mich beschützen um jeden Preis. Ich fühlte mich in seiner Gegenwart behütet. Auf so einem einsamen Waldweg stand eines Tages ein fremder alter Mann, die Hände in die Hüften gestemmt und schaute uns entgegen. Offensichtlich war mein aufmerksamer Begleiter der Meinung, dass er eine Gefahr für mich darstellte. Ohne zu zögern, bedrohte er ihn. In Wirklichkeit wartete der Mann nur auf seine Frau, die weit hinter uns lief. Zu Tode erschrocken, rührte der sich nicht mehr vom Fleck. Erst durch meine beruhigenden Worte hörte er auf, den Fremden zu attackieren. Von dieser Art waren die Beweise seiner Liebe und Treue oft.

So vergingen Jahre der Gemeinsamkeiten. Nie trennten wir uns für längere Zeit.

Ich kann mich noch genau erinnern, wie es war, als ich sie zum ersten Mal sah. Sie gefiel mir einfach, denn sie roch so gut und ihre Stimme war so zärtlich. Auch meinem Bruder gefiel sie ausgezeichnet und wir bemühten uns beide wie verrückt, ihre Aufmerksamkeit zu erregen. Es begann zwischen uns ein richtiger Konkurrenzkampf. Jeder wollte den anderen ausstechen. Schließlich machte ich das Rennen, sie entschied sich für mich. Als sie mich in den Arm nahm, spürte ich ihre Wärme und alles an ihr war so kuschelig weich. Da wusste ich, der Kampf mit meinem Bruder hatte sich gelohnt. Ich hatte das große Los gezogen. In den Jahren, die wir gemeinsam verbrachten, liebte und verwöhnte sie mich wirklich. Und weil Liebe bekanntlich durch den Magen geht, kochte sie jeden Tag für mich, obwohl sie wenig Zeit hatte, weil sie doch arbeiten musste. Aber ich mochte nun mal diese Fertiggerichte nicht. Ungetrübt genossen wir die gemeinsamen Stunden und machten viele schöne lange Spaziergänge.

Allerdings muss ich gestehen, dass ich auch sehr eifersüchtig war. So hatte es sich zum Beispiel mein Nachbar angewöhnt, ihr Heimkommen abzupassen und dann schon vor der Tür zu stehen. Bestimmt wollte er auch ein paar liebe Worte von ihr hören und in den Arm genommen werden. Diese scheinheilige Getue hatte ich eines Tages gründlich satt und nachdem ich ihn auf meine Art kräftig die Meinung gegeigt hatte, waren die Fronten endgültig klar.

Manchmal habe ich ihr auch Kummer bereiten müssen. Da bin ich los, es war, als wenn mich etwas in mir zwang, sie zu verlassen. Ich konnte einfach nicht anders. Aber ich bin immer wieder zu ihr zurück und sie hat mir verziehen.

So verbrachten wir viele schöne Stunden und gemeinsame Jahre, in denen ich in jedem Augenblick gespürt habe, dass sie meine große Liebe war.

Den Gedanken, dass ich mich einmal von ihm trennen muss, habe ich immer verdrängt. Was nicht sein darf, auch nicht sein kann. Doch dann wurde er krank, sehr krank.

Schließlich musste ich von ihm Abschied nehmen. Bis zum Schluss war ich bei ihm, auch wenn es mir das Herz fast brach. Doch wie hätte ich ihn in seiner letzten Stunde allein lassen können, nach all dem, was zwischen uns war? Zwischen mir und meinem Hund.

Vertrauen

Ernst schaute Dr. Sabine Kern auf das Krankenblatt in ihrer Hand. Die eingetragenen Laborwerte gefielen ihr gar nicht. „Sven", wandte sie sich an den vor ihr sitzenden jungen Mann, „ich kann dich nicht länger im Methadon-Programm behalten. Deine Leberwerte sind so schlecht, dass ich es nicht mehr verantworten kann, dir weiter den Ersatz zu geben. Außerdem sehe ich, dass du wieder Drogen genommen hast."

Sven Schober sah so intensiv auf seine abgetragenen Schuhe, als sähe er sie zum ersten Mal. „Ich hab' sie gebraucht", murmelte er schließlich. „Mir ist oft so kalt, und ich kann manchmal das Alleinsein nicht ertragen."

Die Ärztin betrachtete ihren Patienten und versuchte, emotionsfrei zu bleiben. „Du bist erst zweiunddreißig Jahre alt", stellte sie fest, „aber wenn du so weiter machst, wirst du nicht viel älter werden. Deine Leber wird sich bald nicht mehr regenerieren, und auch die anderen Blutwerte liegen weit über den Grenzwerten. Du musst endlich einen Entzug machen, auch wenn das sehr hart für dich wird. Ich will dir nichts verschweigen. Wenn du dich zum Entzug entschließt, wirst du manchmal glauben, durch die Hölle zu gehen. Aber wir werden dann an deiner Seite sein und dir helfen, alles durchzustehen. Am Ende wirst du clean sein. Du brauchst dir dann keine Sorgen mehr um die Beschaffung des Stoffes zu machen. Und dein Leben wird um vieles leichter werden. Eine andere Chance als den Entzug gibt es für dich nicht mehr. Das ist die bittere Wahrheit. Denke darüber nach." Sie erhob sich und sah aus dem Fenster in

„Stille"

den Garten, der von den gefallenen Blättern übersät war. Der Winter kündigte sich an und sie dachte an die, die auf der Straße lebten und oft hier vor ihr saßen.

Niedergeschlagen verabschiedete sich Sven von seiner Ärztin. „Wofür, wozu soll ich denn leben? Wer braucht mich denn?", fragte er sich. „Immer bin ich allein und immer spüre ich diese Kälte in mir. Aber meine kleine Wohnung, der Sommer, der Park und die Vögel am Fenster, die jetzt, wo es kalt wird, jeden Tag um ein paar Krumen betteln. Die brauchen mich doch." Er stand mitten im Foyer der Klinik und wusste nicht, wie er dahin gekommen war.

Vor dem Klinikum erwartete ihn Barbara. An ihrer Seite stand Dingo, ihr Hund. Barbara war eine erfahrene Streetworkerin und betreute Sven. Sie war erst vor Kurzem aus Amsterdam zugezogen. Als der Boxer Sven sah, stürzte er, heftig an der Leine reißend und Barbara hinter sich herziehend, mit lautem freudigen Bellen auf Sven zu, den er gut kannte und offensichtlich liebte. „Was machst du denn hier, Dingo, kommst du mich abholen?" Sven zog das Tier an sich und streichelte es lange. Erst nach einer ganzen Weile kam er dazu, Barbara zu begrüßen.

„Was hat die Ärztin gesagt?", wollte sie wissen.

„Sie will mir kein Methadon mehr geben und ich soll einen Entzug machen." Sven sprach leise und mutlos.

„Hm."

„Meine Leber ist kaputt und wenn ich nicht aufhöre, sagt sie, mache ich es nicht mehr lange."

„Und nun, willst du nicht auch aufhören?"

„Mal ja, mal nein. Ich muss es mir noch überlegen", wich Sven einer Entscheidung aus und streichelte den Hund, um Barbara nicht ansehen zu müssen.

„Was gibt es da zu überlegen?" Barbara kannte diese Reaktion der Betroffenen aus ihrer Arbeit und war deshalb nicht verwundert über Svens Antwort. „Komm, ich lade dich zum Frühstück ein, du hast ja doch noch nichts gegessen."

Im Café WuT, in dem die Szene verkehrte, fanden sie einen Platz, wo sie ungestört reden konnten. Dingo hatte es sich unter dem Tisch bequem gemacht und seinen Kopf auf Svens Füße gelegt. Der streichelte ihn ab und zu.

„Seit wann nimmst du die Drogen?", nahm Barbara das Gespräch, das sie schon öfter in dieser Art geführt hatten, wieder auf.

„Ach, schon lange! Genau weiß ich es nicht mehr."

„Und warum willst du nicht aufhören, wenn du dazu die Gelegenheit bekommst?"

„Das kannst du nicht verstehen", wehrte Sven ab.

„Erkläre es mir, vielleicht begreife ich es dann."

Lange dachte Sven nach, dann antwortete er stockend, während er an Barbara vorbeischaute. „Wenn ich gedrückt habe, dauert es nicht lange und mir wird ganz warm und leicht zumute, und ich bin dann sehr, sehr glücklich. Nur die Droge kann das, sonst niemand. Die Droge ist gut zu mir."

„Das glaubst du doch nicht wirklich? Das ist doch eine Illusion! Hinterher kommt der Katzenjammer und die Droge macht dich krank! Das merkst du doch selbst."

Barbara hatte unwillkürlich etwas lauter geantwortet, so dass die anderen Gäste des Lokals aufmerksam geworden waren.

„Und wenn schon! Aber vorher, vorher bin ich glücklich."

„Warst du das sonst nie?"

„Wann denn?"

„Nun zum Beispiel als Kind, wenn dich deine Mutter gestreichelt oder getröstet hat."

„Mich hat nie jemand gestreichelt und getröstet. Schon gar nicht meine Mutter." Sven fühlte, wie ihn die Erinnerungen überfielen, die er stets versucht hatte, zu verdrängen. Er sah die verwahrloste Wohnung vor sich, in der seine Eltern wahrscheinlich immer noch hausten. Und er sah sie Tag für Tag vor dem Fernseher sitzen, immer eine Flasche Schnaps zwischen sich auf dem verschmierten Tisch, und je leerer die Flasche wurde, desto lauter stritten und beschimpften sie sich, zum Schluss nur noch lallend. Manchmal schlugen sie auch aufeinander ein oder auf ihn, wenn er gerade in ihrer Nähe war. Sie fanden immer einen Grund dazu und waren sich dann einig. Deshalb war die Straße auch sein eigentliches Zuhause in dieser Zeit gewesen. Zum Waschen, Putzen und Kochen hatte seine Mutter nie Lust gehabt, und dementsprechend sahen auch die Wohnung und sie selbst aus. Später, in der Schule, wollte kein Kind neben ihm sitzen oder gar mit ihm spielen. Er war einfach zu schmutzig gewesen und zu verwahrlost. Die Lehrer hatten es bald aufgegeben, ihm irgendwelche Fragen zu stellen, denn er antwortete nie. Teils wusste er keine Antwort, teils schämte er sich. Schularbeiten hatte er auch nie gemacht. Wo hätte er sie denn machen sollen? Auf der Straße? So blieb er zweimal sitzen und die jüngeren Kinder seiner Klasse hänselten ihn und lachten ihn aus. Schließlich wurde er immer störrischer und frecher und zum Schluss schlug er auch zu. Da hatten sie ihn ins Kinderheim gebracht.

„Leben deine Eltern noch?", unterbrach Barbara seine Gedanken.

„Weiß ich nicht." Sven biss sich auf die Lippen. „Ich will es auch gar nicht wissen." Er dachte an seinen Besuch bei ihnen, nachdem er seine kleine Wohnung bekommen hatte. Er hatte gehofft, dass sie sich mit ihm freuen würden. Das Duftöl, das er als Geschenk mitgebracht hatte, schüttete sein

Vater gleich in den Ausguss. „Igitt! Hast du uns keine andere Flasche mitgebracht?", wollte er wissen. Dann verlangte er Geld von ihm. Als er ihm keins geben konnte, warf er ihm Undankbarkeit vor. Wie es ihm ging und was er machte, dafür hatten sich seine Eltern nicht interessiert. Da war er gegangen und hatte das Thema Eltern abgehakt.

„Wann bist du von zu Hause weg?"

„Als ich neun oder zehn Jahre alt war, kam ich ins Heim." Sven merkte, wie ihn seine Erinnerungen überfielen und er, der eigentlich sehr verschlossen war, hatte auf einmal das Bedürfnis, sich noch einmal alles von der Seele zu reden, obwohl er Barbara schon manches aus seinem Leben erzählt hatte.

Barbara, die das spürte, wusste, dass sie Sven nur helfen konnte, wenn er weiterhin Vertrauen zu ihr hatte. Sie musste sich Zeit für ihn nehmen, ihm aufmerksam zuhören, auch wenn ihr vieles schon bekannt war. Und so fragte sie ihn: „War das nicht besser für dich?"

„Alles in allem schon. Es war immer sauber und ich bekam jeden Tag ein warmes Essen, brauchte nicht mehr zu hungern und zu frieren."

Dann schwiegen beide eine Weile.

Sven erinnerte sich an das grau gestrichene Haus mit dem kleinen Vorgarten, den immer gebohnerten, glänzenden Fluren und an das kahle Zimmer, in dem er mit drei anderen Jungen gewohnt hatte. Jeder von ihnen hatte ein ähnliches Zuhause besessen und brachte die gleichen Erfahrungen mit wie er. Nun hatten sie ein eigenes, immer sauberes Bett, einen eigenen kleinen Spind und einen eigenen kleinen Arbeitstisch, an dem sie ihre Schularbeiten machen mussten. Das war neu für ihn und die anderen Jungen gewesen. Dafür mussten sie lernen, sich selbst und ihr Zimmer sauber zu halten, sich ordentlich und diszipliniert zu benehmen und übertragene Aufgaben zu erfüllen. Freundschaften gab es wenige unter ihnen. Dazu waren sie schon zu misstrauisch geworden. Er selbst hatte auch keinen Freund gefunden. Man gehörte einer Clique an, in der die Stärksten das Sagen hatten. Daran konnten auch die Erzieher nichts ändern, denn kein Kind hätte gewagt, sich ihnen anzuvertrauen oder sich bei ihnen zu beschweren. Warm war nur das Haus gewesen, innerlich hatte er oft gefroren. Und gestreichelt und getröstet hatte ihn auch dort niemand.

Barbara dachte an die vielen Schicksale, die ihr in ihrer zehnjährigen Tätigkeit als Streetworkerin begegnet sind, zuerst in Amsterdam, jetzt hier. Oftmals waren Armut oder asoziale Zustände im Elternhaus Schuld daran, dass ihre Schützlinge frühzeitig ins Abseits gedrängt worden waren und in der Leistungsgesellschaft nicht bestehen konnten. Viele von ihnen landeten auf der Straße und waren drogenabhängig geworden, andere verfielen dem Alkohol. Kaum jemand von ihnen schaffte es, seine Sucht zu überwinden. Viele wollten es auch gar nicht; sie hatten sich aufgegeben. Sven aber war noch jung. Die Jahre im Kinderheim hatten sich trotz allem positiv auf seine Entwicklung ausgewirkt. So hielt er seine kleine Wohnung, die sie ihm vermittelt hatte, sauber und ordentlich und auch sich selbst. Aber er war ein Einzelgänger, sensibel und zurückhaltend. Bei ihm konnte noch auf einen erfolgreichen Entzug gehofft werden, wenn er den Willen dazu aufbrachte.

„Warum hast du eigentlich mit den Drogen angefangen?", bemühte sich Barbara das Gespräch in Gang zu halten, obwohl sie das von Sven schon erfahren hatte. Doch sie wusste auch, dass ihre Zöglinge nicht immer die Wahrheit sagten und dass jedes Mal neu die Chance bestand, ihm näherzukommen, wenn es ihr gelang, dass er etwas mehr von sich preisgab.

„Ich musste doch, nachdem ich die Schule verlassen hatte, aus dem Heim. Sie hatten mir zwar eine kleine Wohnung und auch Arbeit besorgt, aber es war eine Drecksarbeit und der Boss ein Leuteschinder. Als ich krank wurde, schmiss der mich einfach raus. Ich fand danach keine Arbeit mehr, dabei habe ich mich gekümmert. Da haben sie mir auch die Wohnung gekündigt. Im Winter, ich habe jämmerlich gefroren. Alkohol wollte ich nicht trinken, den konnte ich nicht einmal riechen. Da habe ich zuerst gekifft und nach und nach andere Drogen genommen, bis ich beim Heroin gelandet bin."

Wieder entstand zwischen beiden eine lange Pause. ‚Ich glaube nicht, dass ihm jemand noch Arbeit geben wird', überlegte Barbara, ‚denn es gibt zu viele Arbeitslose, die eine gute Schul- und Berufsausbildung haben, gesund sind und trotzdem keinen Job mehr finden. Aber wenn er keine Aufgabe bekommt und keine Verantwortung zu tragen hat, wird er, sofern er überhaupt eine Entziehung macht, rückfällig werden.' Ihr Blick fiel auf Svens Hand, die nicht aufgehört hatte, den Hund zu streicheln. ‚Das könnte die Lösung sein', dachte sie. ‚Sven liebt Tiere und offensichtlich lieben die ihn auch. Wenn ich ihm einen kleinen Hund schenke, könnten die Zuneigung und Anhänglichkeit des Tieres und die von ihm zu tragende Verantwortung vielleicht seine Leere ausfüllen und er bekäme endlich Liebe geschenkt, die er so vermisst.' Barbara entschloss sich, Sven von ihrem Einfall zu erzählen.

„Und das würdest du für mich machen?"

„Ja", aber dann musst du auch die Verantwortung tragen." Barbara sah ihn direkt in die Augen. „Einem Drogensüchtigen, der sich und das Tier vernachlässigt, könnte ich einen Hund nicht anvertrauen. Was ist also, bist du bereit einen Entzug zu machen und dich zu mühen nicht wieder rückfällig zu werden? Denn sonst müsste ich dir den Hund wieder wegnehmen. Und das würde nicht nur dir weh tun, sondern auch dem Hund."

Auch Sven war sehr ernst und nachdenklich geworden. Er erkannte: „Da glauben zwei Menschen an mich und vertrauen mir, mir dem Drogensüchtigen. Die Ärztin und Barbara. Die Ärztin will, dass ich von den Drogen loskomme und Barbara, dass ich nicht wieder rückfällig werde. Und beide wollen das für mich tun, ohne etwas von mir zu verlangen. Warum? Und Barbara will mir sogar nach dem Entzug einen kleinen Hund schenken, der mich lieb hat und für den ich dann verantwortlich bin". Sven fühlte, wie sich ein warmes Gefühl in seinem Körper ausbreitete. Irgendwie wollte er dieses neue Gefühl festhalten und so sagte er leise: „Ich mache den Entzug!"

Die Frühjahrssonne blendete Sven, als er erschöpft und abgemagert aus der Tür des Krankenhauses trat. Schwere Wochen lagen hinter ihm und mehr als einmal hatte er den Entzug beenden wollen. Doch in den schwersten Stunden hatte er daran gedacht, dass Barbara und die Ärztin an ihn glaubten. Und nun hatte er es wirklich geschafft.

Plötzlich stand Barbara vor ihm und drückte ihm ein kleines zappliges Etwas in den Arm, das ihm mit einer weichen Zunge über das Gesicht leckte. Versteckt hinter einer großen, roten Schleife sah Sven in zwei dunkle Augen, die ihn voller Vertrauen anblickten. Sven hatte das Gefühl, als rollten schwere Steine von seinem Herzen und ihm wurde ganz warm. „Ich muss es schaffen", dachte er und drückte den kleinen Hund ganz fest an seine Brust.

Es kam ihr Spanisch vor

Wie immer strahlte die Sonne seit dem frühen Morgen vom tiefblauen Himmel herab und spiegelte sich in den stürmischen Wellen des Atlantik. Aber davon sah Ingrid nichts, denn sie betrachtete wütend die Ceranplatte ihres Herdes. Alles Putzen nutzte nichts mehr. Die Platte war durch ihr eigenes Missgeschick verdorben und einfach schäbig anzuschauen. Das konnte sie jedoch auf die Dauer nicht ertragen. Ob sie die Ausgabe wollte oder nicht, es nutzte nichts, eine neue Herdplatte musste her, denn sonst fand sie keine Ruhe mehr.

Nun bedurfte dieses Unterfangen einiger Vorbereitung, denn Ingrid wusste nicht, wo sich ein solches Fachgeschäft befand, ein mueble almacenes. Außerdem musste dieses Geschäft, oder besser gesagt dieses Lager, Elektrogeräte für Küchen führen. Doch nach einigem Herumfragen hatte sie die erste Hürde ihres Unternehmens genommen und ihre Laune besserte sich etwas.

Ingrid beschloss alles zu tun, um besonders gut bedient zu werden. Wozu lernte sie schließlich Spanisch und wozu hatte sie ein Deutsch/Spanisches Wörterbuch? Dieser Kauf bot ihr die Gelegenheit, ihre neuen Sprachkenntnisse anzuwenden und würde ihr die Bewunderung der Einheimischen einbringen. Sie hatte es des Öfteren selbst erlebt, wie die Kanaren überaus erfreut reagierten, wenn Ausländer versuchten, sich in ihrer Landessprache zu verständigen. Schließlich lernten bei Weitem nicht alle Deutschen oder Engländer Spanisch, sondern erwarteten einfach, selbst wenn sie den größten Teil des Jahres auf Teneriffa lebten, dass die Einheimischen Deutsch oder Englisch verstanden.

Da Ingrid erst kurze Zeit Spanisch lernte, begann sie zielstrebig, die benötigten Vokabeln aus dem Langenscheidt Wörterbuch Deutsch/Spanisch herauszusuchen, aufzuschreiben und auswendig zu lernen. Sie würde sagen: „Guten Tag, ich möchte, bitte, für meine alte Küche eine neue Ceranplatte." Und da sie gerade dabei war, suchte sie auch noch einen Satz in Spanisch für den Taxifahrer heraus. Der würde bestimmt wieder beim Fahren alle Fenster seines Autos geöffnet haben und sie der Zugluft, die sie nicht vertrug, aussetzen. ‚Wenn ich ihn auf Spanisch auffordere das Fenster zu schließen', überlegte sie, ‚kann er nicht mehr so tun, als verstünde er mich nicht und er wird auch von mir beeindruckt sein.'

Als der Einkaufstag der neuen Ceranplatte herangekommen war, suchte sich Ingrid ein helles, schönes Sommerkleid heraus, das ihre große, schlanke Figur auf das Vorteilhafteste betonte, legte etwas Rouge auf ihre Lippen und ging zum Taxistand.

Im Taxi waren, wie vorausgesehen, alle Fenster geöffnet und ein frischer Wind wehte ihr ins Gesicht. Aber schließlich hatte Ingrid nicht umsonst ihren Satz in Spanisch gelernt; nun wollte sie ihn auch anbringen und so sagte sie: „Por favor, cierre la ventana", was heißt: „Bitte, schließen Sie das Fenster." Aber statt der erwarteten Bewunderung warf ihr der Taxifahrer nur einen vernichtenden Blick zu und schloss die Fenster. Im Nu wurde es im Taxi sehr warm, denn das Auto hatte keine Klimaanlage. Tapfer hielt Ingrid die nun entstehende Hitze im Auto aus und nach siebenunddreißig Kilometern an ihrem Ziel angekommen, verließ sie aufatmend und leicht lädiert das Taxi. Dem Fahrer lockte jedoch auch das gespendete Trinkgeld kein Lächeln auf das Gesicht und demonstrativ öffnete er, bevor er das Geld einsteckte, die Fenster.

Etwas irritiert, aber keineswegs entmutigt, betrat Ingrid, nachdem sie ihren Lippenstift und die Puderdose noch einmal benutzt hatte, das Fachgeschäft für Möbel und Elektrowaren. Es war ein sehr großes, modern ausgestattetes Geschäft in der Hauptstadt Santa Cruz.

Der Verkäufer Francisco, Pacco genannt, hatte sie schon beim Eintreten gesehen. Hervorragend ausgebildet, elegant gekleidet und sehr gut aussehend, begrüßte er Ingrid, die er als Deutsche erkannt hatte, höflich auf Deutsch und fragte, womit er ihr behilflich sein könne? Aber wozu hatte Ingrid Spanisch gelernt? Doch nicht deshalb, damit sie jetzt auf Deutsch antworten würde. Schließlich sollte der schöne Kanare darüber staunen, dass es auch Ausländer gibt, die sich bemühen, die Sprache der Einheimischen zu erlernen. Bestimmt würde er sie dann noch einmal so gut bedienen.

Ingrid schaute den Verkäufer lächelnd an und erwiderte auf Spanisch: „Buenos dias, Senior, por favor, anciana ..." und sie überlegte krampfhaft, wie Küche auf Spanisch hieß, bis sie auf „cocina" kam. „Yo voluntad para uno Ceranplato."

Francisco erstarrten die Gesichtszüge. Ingrid überlegte, ob sie vielleicht zu undeutlich gesprochen hatte, und wiederholte den gesprochenen Satz noch einmal langsam und sehr deutlich. Nun färbte sich das Gesicht des Verkäufers in Richtung dunkelrot. Ingrid wurde unsicher und entschloss sich nach schwerem, inneren Ringen, ihren Wunsch in Deutsch vorzutragen.

Mir einem erleichterten und gedehnten „ah ..." antwortete der Verkäufer und bat sie auf Deutsch, ihr zu folgen. Dann zeigte er ihr die gewünschte Ware. Nachdem Ingrid die Ceranplatte bezahlt und das Paket empfangen hatte, brachte sie Francisco, wie es seine Art war, höflich und zuvorkommend zur Tür.

Zu Hause angekommen, überlegte sie, warum der Verkäufer sie nicht verstanden hatte. Sie schaute noch einmal im Langenscheidt nach und kam zu dem Schluss, dass sie sich korrekt ausgedrückt hatte. Deshalb nahm sie sich vor, ihr Erlebnis in der nächsten Spanischstunde vorzutragen, um zu erfahren, warum sie nicht verstanden worden war.

Und so geschah es. Der Lehrer Herr Schreier bat sie, den im Geschäft in Spanisch gesprochenen Satz vorzutragen. Das war für Ingrid kein Problem, denn sie hatte ja diesen Satz aufgeschrieben, auswendig gelernt und immer wieder vor sich hin gesprochen. Nun bemühte sie sich auch hier, besonders klar und deutlich zu sprechen.

Das hemmungslose Lachen von Herrn Schreier irritierte sie so, dass ihr die Schamröte ins Gesicht stieg, ohne dass sie wusste, warum. Er konnte einfach nicht aufhören und wischte sich schließlich die Tränen, die ihm über die Wangen gelaufen waren vom Gesicht. „Wollen Sie wirklich wissen, was Sie gesagt haben?", fragte er Ingrid. „Nun denn, Sie haben den so höflichen und eleganten Verkäufer wie folgt angesprochen: ‚Guten Tag, mein Herr, bitte, alte Sau, ich will kaufen eine Ceranplatte.' Und das, weil Sie das Wort Küche, also cocina nicht wie cozina, sondern wie cotschina ausgesprochen und eine Satzstellung gewählt haben, wie sie der deutschen Grammatik, nicht aber der spanischen, entspricht. Und das stand natürlich nicht im Langenscheidt. Nun lachten auch die anderen Spanisch-Schüler, die bis dahin Ingrids Satz nicht verstanden hatten.

So erkannte Ingrid, dass es manchmal im Leben besser ist, nicht immer und unter allen Umständen „perfekt" sein zu wollen.

„Märchennacht", Aquarell

Als die Menschen die ewige Gesundheit erstritten

„Hören denn diese Klagen überhaupt nicht mehr auf?", zürnte der Herr und die Menschen auf der Erde vernahmen sein Grollen und sagten: „Es wird bald ein Gewitter geben, denn es donnert schon von fern." – „Sie sind eben nie zufrieden", erwiderte etwas von oben herab der Erzengel Gabriel. Gott sah in strafend an und meinte: „Ich kann mich erinnern, dass so etwas auch unter meinen Engeln vorgekommen ist." Beschämt senkte der Engel seinen Kopf während der Herr forderte: „Hole mir die drei lautesten Schreier, damit ich aus ihrem Munde erfahre, warum sie mit mir so unzufrieden sind."

Es war ein langer Weg, den Gabriel zurücklegen musste und endlich, kurz vor Sonnenaufgang, stand er mit drei der Klagenden vor dem Thron des Herrn. Gott sah sie strafend an und fragte: „Warum stört ihr mit eurem ununterbrochenen Gejammer meinen Frieden? Was ist es, das euch mit mir so unzufrieden sein lässt? Habe ich euch nicht eine wunderschöne Erde gegeben, die ihr leider dabei seid durch eure Gier zu zerstören? Habe ich euch nicht ein langes Leben gegeben, damit ihr euch an meinen Werken lange Zeit erfreuen und sie sinnvoll nutzen könnt?"

Betreten und etwas ängstlich standen die Menschen vor Gott. Schließlich fasste sich eine der zwei Frauen ein Herz und sprach: „Herr, zwar hast du uns ein langes Leben gegeben, aber wie müssen wir das letzte Viertel dieses Lebens zubringen? Wenn wir glauben, endlich die Früchte eines arbeitsamen Lebens genießen zu können, schickst du uns täglich neue Plagen. Erst wird unser Haar grau, dann werden unsere Zähne porös und wacklig und wir müssen schmerzhafte Behandlungen beim Zahnarzt erdulden. Jeden Morgen, wenn wir aufwachen, haben wir bald hier und bald dort neue Schmerzen und Beschwerden und die Liste der Ärzte, die wir aufsuchen müssen, wird immer länger."

„Jawohl", fiel der Mann ihr ins Wort und schwenkte zornig seinen Krückstock, auf den er sich bis jetzt gestützt hatte, „sieh mich an! Was war ich für ein starker Kerl. Keine Arbeit war mir zu schwer und laufen und springen konnte ich fast so gut wie eine Gazelle. Nun aber wollen mich meine Beine nicht mehr tragen, mein Kreuz tut weh und ein neues Knie musste ich mir auch schon einsetzen lassen. Meine Augen sehen nicht mehr sehr gut und wenn ich auf den Markt gehe, schnappen die anderen mir die besten Früchte weg. Jeden Tag muss ich viele Tabletten schlucken und davon schmerzt mir auch noch der Magen."

„Und", so ergänzte die zweite Frau, die sich inzwischen ein Herz gefasst hatte, „auch das Gehör lässt immer mehr nach. Ins Konzert, was früher meine große Freude war, gehe ich deshalb schon lange nicht mehr; mein Kaffeekränzchen habe ich aufgegeben, weil ich der Unterhaltung nicht mehr richtig folgen kann und das Hörgerät, das man mir gegeben hat, quält mich mit all den Lauten, die es aus der Umwelt auffängt und mir in die Ohren posaunt."

„So wie uns geht es auch den anderen alten Leuten und vielen noch viel schlimmer. Manche müssen ständig Hilfe für die Verrichtungen des Tages haben", nahm die erste Frau wieder das Wort auf, „und andere wissen gar nicht mehr, wo sie sich befinden und hängen an Tropf und Schlauch. Die Liste unserer Leiden und Beschwerden ist endlos lang und wir könnten dir den ganzen Tag davon erzählen. Und so fragen wir dich: Ist das vielleicht gerecht, uns so ein Alter zu bescheren, nachdem wir uns treu und redlich in unserem Leben geplagt haben? Warum lässt du uns nicht bis zum Ende unserer Tage in voller Gesundheit unser Leben genießen? Dann könnten wir in Ruhe und Freude am Ende unseres Lebens den letzten Schritt tun und deine Güte preisen."

„Ich sehe", sprach der Herr, „dass ihr meinen Lebensplan für euch nicht versteht und ihn nur als ungerechte Strafe betrachtet. Es soll also so sein, wie ihr es euch wünscht. Aber bedenkt, dass ich damit nicht eure Lebenszeit verlängere. Für jeden einzelnen von euch habe ich die Stunde des Abschieds im Buch des Lebens festgelegt und werde sie nicht ändern. Seid ihr damit zufrieden?"

Alle drei versicherten Gott, dass sie seine Entscheidung nun für weise und gerecht hielten und selbstverständlich ohne weitere Klagen mit Freude bereit seien, zum vorgegebenen Zeitpunkt die Erde zu verlassen.

„Wir werden es sehen und erleben", sprach Gott mit einem nachdenklichen Blick auf sie. Dann gab er seinem Engel den Befehl, sie zur Erde zurückzubringen.

Als sich die Drei wieder in ihrem Seniorenheim befanden, erzählten sie sofort den staunenden Mitbewohnern und dem Pflegepersonal, welche Entscheidung Gott auf Grund ihrer Klagen getroffen habe. Und noch während ihres Berichtes veränderten sich die Alten. Ihre Haare blieben zwar weiß und die Falten ihres Gesichtes verschwanden nicht, denn dies waren ja keine Krankheiten, aber alle Schmerzen und Beeinträchtigungen ihrer Gesundheit lösten sich in Nichts auf. Jubelnd warfen sie ihre Krücken, Rollstühle und anderen Hilfsmittel weg und übermütig bewarfen sie sich gegenseitig mit ihren nicht mehr benötigten Gebissen und Tabletten. Es herrschte ein heilloses Durcheinander und sofort packten die ersten ihre Koffer, um ihre Geschicke wieder selbst in die eigenen Hände zu nehmen.

In Windeseile verbreitete sich die frohe Botschaft über die ganze Erde. Presse, Rundfunk und Fernsehen aus aller Welt wollten die drei „Retter der Alten", wie sie inzwischen genannt wurden, interviewen. Fan-Gemeinden bildeten sich, die die UNESCO aufforderten, den höchsten Orden mit dem Titel „Ehrenbürger der Welt" zu schaffen und ihn den drei Senioren zu überreichen.

Doch nach und nach verebbte der allgemeine Jubel und Betroffenheit machte sich breit. Die Geisel der Menschheit, die Arbeitslosigkeit, stieg in ungeahnte Höhen. Durch die bis zum Lebensende währende Gesundheit der Alten und der Jungen, die einmal alt werden wollten, brachen ganze Industriezweige zusammen. Krankenhäuser, Kur-, Betreuungs- und Pflegeeinrichtungen sowie Apotheken mussten schließen, die Pharmaindustrie verlor ihre Bedeutung und viele Konzerne gingen pleite. Genauso erging es den Industriezweigen, die sich auf Hilfsmittel für die Alten spezialisiert hatten. So wurden kaum noch Zahnersatz, Brillen, Hörgeräte, Rollstühle und dergleichen benötigt und die in diesen Einrichtungen und Betrieben tätigen Menschen, auch ein Teil der Ärzte und Therapeuten, verloren ihre Arbeit. Die jetzt boomende Reise- und Freizeitindustrie, die Fitnesscenter und Sportvereine konnten die vielen Arbeitslosen mit ihrem eigenen Arbeitskräftebedarf nicht auffangen. Es gab keinen Wohnungsleerstand mehr und die Vermieter bevorzugten bei der Vergabe ihres Eigentums hauptsächlich die Senioren, da diese meistens über ein sicheres Einkommen verfügten. Viele junge Familien fanden keine Wohnung mehr und besetzten die inzwischen leeren und dem Verfall preisgegebenen Altenheime. So kehrte sich nach und nach die Stimmung um und wandte sich nun gegen die Alten.

Aber die genossen erst einmal ihr Leben in vollen Zügen, denn sie hatten nun Gesundheit und Freizeit. Doch bald zeigten sich die Schattenseiten dieses Lebens. Alle wollten alles sehen und nutzen, was die moderne Welt zu bieten hatte. Ihre Wünsche nahmen ständig zu, nie waren sie zufrieden, doch gleichzeitig erfüllte sich ihr Herz mit Angst, dass sie mitten im Genießen ohne Vorwarnung abberufen werden könnten. Hatten sie am Vortage noch mit ihren Freunden gefeiert, waren diese oft am nächsten Tage verstorben. Traten sie eine Reise an, fragten sie sich heimlich, ob sie wiederkehren würden. Jeden Tag fürchteten sie, dass er der letzte sein könnte. Diese Unsicherheit prägte nun ihr Leben und lag wie ein großer, dunkler Schatten über ihren Tagen, der ihnen jeglichen Genuss vergällte. Bald klagten sie, dass es ungerecht sei, wenn sie bei voller Gesundheit abberufen werden und dadurch so viel versäumen müssten, gleichzeitig waren sie unzufrieden und auch unglücklich. Ihre Klagen wurden immer lauter und sie erkannten, dass früher mit der schwindenden Gesundheit ihre Bedürfnisse geringer geworden und sie leichter zufrieden und auch glücklich gewesen waren. Ihr Leben damals war nicht mehr von Hektik, sondern von Ruhe und Besinnung geprägt. Oft hatten sie sich danach gesehnt, die Lasten des Alltags und die Beschwernisse des Alters ablegen zu dürfen und erkannt, dass sich der Kreis ihres Lebens nach und nach zu schließen begann. Sie hatten Zeit und Muße, voller Dankbarkeit in die Vergangenheit zu schauen, die ihnen neben der Plage und dem Leid auch so viel Freude gebracht hatte. Erst jetzt erkannten sie den Wert dessen, was Gott als Lebensplan bezeichnet hatte und die Torheit ihrer Forderung nach der ewigen Gesundheit.

Als der Herr sah und hörte, wie unglücklich die Menschen geworden waren, wie sie ihre unvernünftigen Vorwürfe, die sie ihm gemacht hatten, bereuten und nun nicht mehr den Mut aufbrachten, ihn um Verzeihung zu bitten, beschloss er, ihnen noch einmal zu helfen. Er hielt das große Rad der Zeit an, drehte es bis zu jenem Tag zurück, an dem er ihre Wünsche erfüllt hatte und wischte mit einer großen Handbewegung alle Geschehnisse, die inzwischen eingetreten waren und die Erinnerungen der Menschen an sie aus.

Und deshalb sieht sein Lebensplan für die Menschen auch heute noch die Zeit des Werdens, die des Schaffens, die der Erfüllung und die Zeit des Ausklanges vor.

Der Irrtum

Als ich mich während meines juristischen Studiums mit dem Zivilrecht und der Zivilprozessordnung befasste, musste ich feststellen, dass das Erstere eine eigene Sprache hatte und dass das Zweite einem Irrgarten glich. Die erste Zivilrechtsklausur hatte ich völlig verhauen. Zwar habe ich den für den vorgegebenen Fall anzuwendenden Paragrafen richtig gefunden, aber leider – so wie ich unsere Sprache bis dahin verstanden hatte – dem wörtlichen Sinne nach angewendet. Es hieß nämlich: „Im übrigen bleibt der § sowieso unberührt." Nun, dachte ich, wenn etwas unberührt bleibt, wird es nicht angewendet. Das Gegenteil war der Fall. Ich war fassungslos.

Noch schlimmer erging es mir mit der Zivilprozessordnung. Wenn ich glaubte, den richtigen Paragrafen für den zu lösenden Fall gefunden zu haben, musste ich erfahren, dass im zweiten, dritten oder vierten Buch der Zivilprozessordnung das Gegenteil stand und im vorliegenden Fall nicht das erste, sondern das zweite, dritte oder vierte Buch der ZPO zur Anwendung käme. Ich lernte also im wahrsten Sinne des Wortes nicht von Fall zu Fall, sondern von Unfall zu Unfall.

All das ärgerte mich maßlos und weckte meinen Ehrgeiz. Ich stürzte mich deshalb besonders auf das Studium des Zivilrechts und der Zivilprozessordnung, so dass ich nach und nach verstand, die vorgeschriebenen und vorgesehenen Vorschriften im juristischen Sinne richtig zu lesen und zu finden. Der Lohn dieser Mühen war, dass ich nach dem Studium das Zivil- und Wirtschaftsrecht für meine berufliche

Laufbahn wählte, denn nun sollte sich mein besonderer zeitlicher Aufwand auszahlen.

Eines Tages bekam ich von der Friedrich-Schiller-Universität Jena das Angebot, an der Juristischen Fakultät auf dem Gebiete des Zivilrechts als Oberassistentin zu arbeiten. Ich nahm an und am zweiten Tag in meinem neuen Wirkungskreis beschloss ich, die langen Korridore in den ehrwürdigen Mauern der Uni zu erkunden.

Natürlich schaute ich auch, wo sich die Vorlesungs- und Seminarräume befanden, denn ich sollte in ihnen in den nächsten Tagen unterrichten. Dabei entdeckte ich, dass in einem der Räume in einer Stunde eine Vorlesung über das Römische Recht stattfinden würde. Das konnte nur ein Kollege sein! Da das Römische Recht auch einen Einfluss auf den Code Civil, der unserem Bürgerlichen Gesetzbuch zugrunde liegt, hatte, beschloss ich, mir die Vorlesung als Gast anzuhören, um etwas dazuzulernen und herauszubekommen, wie mein „Konkurrent" seine Vorlesungen aufbaute. Gesagt getan.

Zwischen der vorgegebenen Uhrzeit und dem nicht ausdrücklich ausgeschlossenen akademischen Viertel erschien ich im Seminarraum und setzte mich bescheiden in die letzte Reihe. Die meisten Studenten waren schon da und schauten mich mehr als verwundert an, tuschelten miteinander, sagten aber nichts zu mir. Mir fiel auf, dass nur Studenten und keine Studentinnen anwesend waren und auch die, die noch kamen, waren männlich. Doch in den 70er Jahren war das Juristische Studium noch eine Domäne der Männer und so wunderte ich mich nicht weiter darüber.

Dann kam der Dozent. Auch er schaute etwas irritiert, als er mich sah, sagte jedoch ebenfalls nichts und begann mit seiner Vorlesung. Mit steigendem Unbehagen hörte ich zu, bis es endlich bei mir „klick" machte. Ich war in einen

Vorlesungsraum der Theologischen Fakultät geraten. Die angehenden Theologen behandelten gerade das Römische Recht im besetzten Judäa. Nun begriff ich auch die Verwunderung, die mein Erscheinen ausgelöst hatte.

In der Vorlesungspause ging ich zum Referenten, stellte mich vor und erklärte, warum ich irrtümlich seine Vorlesung besucht habe. Lachend sagte er: „Da bin ich aber froh, dass sich das Ganze so darstellt, denn ich dachte schon – und mit mir sicherlich meine Studenten –, dass meine Vorlesung durch die Sicherheitsorgane kontrolliert werden sollte."

„Dem Licht entgegen"

Die Last der Schuld

Fürchte des Unglücks tückische Nähe!
Nicht an die Güter hänge das Herz,
die das Leben vergänglich zieren.
Wer besitzt, der lerne verlieren,
wer im Glück ist, der lerne den Schmerz.

Friedrich Schiller

Erwin Hurtig sah durch die Schaufensterscheibe seines Geschäftes und sagte in den Raum: „Da sitzt doch schon wieder so ein Kerl vor meinem Laden. Mit seinem Hund. Und hat seine Mütze neben sich auf der Bank liegen. Das kann doch nur bedeuten, dass er die Leute anbettelt. Dass der sich nicht schämt. Aber Schamgefühl kennen diese Penner sowieso nicht. Der sollte arbeiten wie wir, dann brauchte der nicht hier zu sitzen. Aber dazu ist der zu faul. Dem geht es doch so viel besser. Und alles das bezahlen wir. Der kann mir doch nicht einreden, dass er keine Arbeit findet. Wer arbeiten will, der findet auch Arbeit!"

In diesem Moment betrat Frau Werner das Geschäft. Ohne Gruß redete sie gleich auf Erwin Hurtig ein: „Es ist schrecklich! Wo man hingeht, stolpert man über diese Bettler. Jeder will etwas haben und man könnte immer nur das Portemonnaie aufmachen. Dürfen die eigentlich so herumsitzen? Langsam fühlt man sich doch irgendwie belästigt."

„Ach, gnädige Frau!" Hurtig konnte seinen Ärger nun freien Lauf lassen. „Was soll ich denn tun? Wenn der Staat diese Arbeitsscheuen duldet und ihnen auch noch einen Haufen Geld hinterherwirft! Man hat festgestellt, dass diese

Bettler an die 50 Euro jeden Tag einnehmen, und zwar steuerfrei! Da können Sie sich ja ausrechnen, was jeden Monat zusammenkommt. Warum sollten die also arbeiten gehen! Es geht ihnen doch so viel besser. Und wir, wir zahlen uns an den Steuern und den anderen Abgaben dumm und dämlich, während Leute, wie der da draußen, sich über uns halb totlachen."

„Das so etwas überhaupt möglich ist".

„Unsere Politiker haben eben einen Sozial-Tick. Man kann über die Nazis sagen, was man will, und vieles war ja auch wirklich schlecht, aber für Ordnung haben sie gesorgt. Bei Hitler hätte man solche wie den schon längst in ein Arbeitslager gebracht! Da wurde Faulheit nicht geduldet! Da herrschten noch Zucht und Ordnung! Aber wir? Wir schleppen die alle durch. Auf unsere Kosten!"

Von den beiden unbemerkt hatte eine weitere Kundin das Geschäft betreten und hörte dem Dialog zwischen Herrn Hurtig und Frau Werner zu. Als der Geschäftsinhaber sie entdeckte, wandte er sich an sie: „Habe ich nicht recht, kaum macht ein Politiker mal den Vorschlag, die Sozialhilfe oder das Arbeitslosengeld zu kürzen oder auch die erbettelten Einnahmen zu versteuern, schreien gleich die anderen, vor allem die Grünen, empört auf. Für wen machen die eigentlich Politik? Für uns, die anständigen und fleißigen Bürger, die sie bezahlen oder für solche Penner? Kein Wunder, dass die großen Unternehmen ins Ausland flüchten. Dorthin, wo die Menschen noch fleißig sind und die Löhne nicht so hoch gepuscht wie hier in diesem Land!"

„Es gibt Leute, die geben denen ja auch noch Geld", setzte Frau Werner das Gespräch fort, „aber das wird nur in Alkohol oder Drogen umgesetzt. Wohin das führt, weiß man schließlich. Bestimmt hat auch der da draußen wegen der Sauferei seine Arbeit verloren. So ein Säufer ist immer unberechenbar und eine Gefahr für die anderen. Wahrscheinlich ist ihm auch deswegen seine Frau davongelaufen. Wer hält es schon sein Leben lang mit einem Alkoholiker aus? Und so einer ist auch brutal. Bestimmt hat er, wenn er dun war, seine Frau und seine Kinder geschlagen und die Familie zerstört. Da hat ihn seine Frau rausgeworfen und nun liegt er auf der Straße. Der sieht schon so aus. Schließlich hat man ja Menschenkenntnis. Ich irre mich da selten!"

„Und doch, hier irren Sie sich", mischte sich die neue Kundin, Frau Neumann, in das Gespräch ein. „Ich kenne den Mann schon länger. Von meinen Fenstern im Wohnzimmer und in der Küche kann ich das Elbufer sehen. Dort liegt auch ein ausgemusterter Kahn. Den hat er mit Genehmigung des Eigners als Unterkunft für sich und seinen Hund zurechtgemacht. Morgens, wenn es nicht regnet, sehe ich ihn jeden Tag mit seinem Hund am Strand entlanglaufen und der Hund tobt sich dabei so richtig aus. Er muss den Hund sehr lieben, denn als er einmal krank war, habe ich nach ihm geschaut. Da habe ich selbst gesehen, wie ordentlich er alles hält und der Platz für seinen Hund war bestimmt weicher als seine eigene Pritsche! Und was sein Aussehen angeht, ja, er ist von diesem Leben gekennzeichnet, doch schmutzig ist er nicht."

„Wozu muss der überhaupt einen Hund haben?", ereiferte sich Herr Hurtig. „Den wird schon keiner überfallen, denn bei dem ist doch nichts zu holen." Der Ladenbesitzer lachte kurz auf.

„Und bestimmt zahlen wir auch noch für den Hund die Hundesteuer!" Frau Werner sah die beiden herausfordernd an.

„Was den Alkohol angeht", fuhr Frau Neumann fort, „habe ich keinen bei ihm entdeckt und ihn nie betrunken gesehen. Dafür habe ich ihn schon im Waschsalon bemerkt.

Allerdings, wenn es nachts richtig kalt wird, wenn er dann zum Alkohol greift, wäre das kein Wunder."

„Na, ich werde ihm einen Euro geben." Frau Werner hatte ein mildtätiges Lächeln aufgesetzt. „Vielleicht braucht er das Geld, um Hundefutter zu kaufen oder in den Waschsalon zu gehen. Ich will mal nicht so sein."

„Von mir kriegt er jedenfalls nichts", versicherte Hurtig, „und ich werde mal bei der Polizei nachfragen, ob der überhaupt vor meinem Geschäft sitzen und mir die Kunden vergraulen darf!"

„Dieses geistlose Geschwätz mancher Menschen über die Obdachlosen, diese Herzlosigkeit der Satten kann ich einfach nicht mehr hören." Frau Neumann merkte nicht, dass sie vor sich hinmurmelte, was sie dachte. „Warum scheren sie alle Obdachlosen über einen Kamm, ohne wirklich etwas über ihr Schicksal zu wissen? Wollen sie überhaupt was wissen? Zwischen drei und vier Millionen Menschen sind heute bei uns arbeitslos. Ich glaube nicht, dass wir bei dem hohen Stand der Technik jemals wieder so viel Arbeit zu vergeben haben werden, dass für alle ein Arbeitsplatz da sein wird. Noch mancher wird hier und anderswo auf der Straße landen. Da werden wir wohl lernen müssen zu teilen statt auszugrenzen." Sie fand sich plötzlich auf der Straße wieder. Zögernd ging sie noch einmal in den Laden und erledigte ihre Einkäufe. Mit schweren Taschen verließ sie schließlich wortlos das Geschäft.

Als Walter Schubert Frau Neumann mit den Taschen sah, fragte er sie, ob er helfen kann. Sie nickte nur. Während sie Hasso an der Leine führte, gingen sie zu dritt in Richtung ihrer Wohnung.

Herr Hurtig und Frau Werner beobachteten die Szene durch das Schaufenster. „Hoffentlich erlebt die nicht einmal Schiffbruch mit ihrer Gutmütigkeit." Er schüttelte mehrmals den Kopf, bis sie schließlich gedehnt sagte: „Ja, man kann in diesen Zeiten nicht vorsichtig genug sein."

„Darf ich Ihnen eine Tasse Kaffee anbieten?", fragte Frau Neumann Walter Schubert, als er in der Küche die Taschen abgestellt hatte. Und während er noch mit seiner Antwort zögerte, hatte sie schon zwei Kaffeegedecke, ein Körbchen mit frischen Brötchen, Butter und Konfitüre auf den Tisch gebracht. Verlegen setzte sich der Mann an den Tisch und wies seinem Hund einen Platz an seinen Füßen zu. Die ganze Zeit, in der Frau Neumann Kaffee kochte, rutschte er unruhig auf seinem Stuhl hin und her und strich sich immer wieder über's Haar.

„Wie lange ist es her", überlegte er, „dass mir eine Frau das Frühstück gemacht hat? Ich habe ja schon lange kein Zuhause und keine Familie mehr. Eigentlich kann ich es immer noch nicht begreifen."

„Herr Schubert", fragte Frau Neumann in die Stille des Zimmers, „wo sind Sie denn mit Ihren Gedanken?" Sie hatte inzwischen den Kaffee eingeschenkt.

Walter Schubert spürte die echte Anteilnahme dieser Frau und hatte auf einmal das Bedürfnis, ihr sein Herz auszuschütten. Es lag ihm daran, dass sie nicht auf ihn herabschaute und ihn verstand, denn sie hatte ihm, als er krank war, Essen von der Tafel gebracht. Langsam und stockend begann er zu erzählen.

„Es war so ein schöner Tag wie heute," und während er zum Fenster sah, merkte sie an seiner Stimme, wie ihn die Erinnerung quälte. „Es war der erste warme und sonnige Sommermorgen. Die Vögel zwitscherten um die Wette, das Signal der Frachtkähne auf der Elbe kam mir fröhlich und nicht so unheilverkündend wie an Nebeltagen vor und ich war dabei, das Auto für unseren Urlaub fertig zu machen. Im Haus suchte meine Frau inzwischen die letzten Sachen zusammen." In Gedanken versunken rührte er immer noch seinen Kaffee um und schaute in die Tasse, als entdeckte er in ihr die Bilder der Vergangenheit. „Auch Jana, unsere Tochter, war froh, denn für sie war es der letzte Schultag vor den großen Ferien. Da wurden nur noch die Zeugnisse ausgegeben und wir konnten sie bald zurückerwarten. Übermütig winkte sie mir zu, dann machte sie sich mit ihrem Fahrrad auf den Schulweg." Seine Stimme versagte und erst nach einer längeren Pause konnte er weitersprechen.

„Bald waren alle Urlaubsvorbereitungen erledigt und wir warteten ungeduldig auf Jana." Der Mann war aufgestanden und ans Fenster getreten. Er schaute auf die Elbe, auf der gerade eine Fähre der Stena-Linie der Ostsee zustrebte, sah fröhliche Passagiere an der Reling stehen und nahm zögernd seinen Bericht wieder auf: „Dann, nach drei Stunden, meine Frau und ich hatten am Fenster nach unserer Tochter Ausschau gehalten, kam ein Streifenwagen der Polizei und hielt vor unserem Haus auf der gegenüberliegenden Straßenseite. Als ich den Schulleiter und zwei Polizisten aus dem Fahrzeug aussteigen sah, überfiel mich auf einmal panische Angst." Walter Schubert, der sehr blass geworden war, setzte sich wieder an den Tisch, suchte nach Worten und streichelte verzweifelt seinen Hund, der seinen Kopf auf seine Knie gelegt hatte. „Sie wollten, wie ich es geahnt hatte, alle drei zu uns und redeten auf uns ein, aber ich begriff nichts. Nach und nach bekam ich mit, dass unsere Tochter einen Verkehrsunfall gehabt hat und schwer verletzt im Krankenhaus liegt. Jemand hatte Jana mit ihrem Fahrrad auf dem Schulweg überfahren."

Es war sehr still in der Küche geworden, nur das Ticken der großen Küchenuhr und das Signal eines Schleppers, der elbeaufwärts fuhr, waren zu hören. „Schlagartig änderte sich unser Leben. Jana blieb, trotz mehrerer Operationen, querschnittsgelähmt. Da die Krankenkasse bald ihre Leistungen auf ein Minimum reduzierte, weil die Ärzte keine Besserung oder Heilung versprechen konnten, fuhren wir mit Jana auf eigene Kosten zu Spezialisten in Deutschland, den Niederlanden und in der Schweiz, immer wieder verzweifelt hoffend, dass doch noch ein Wunder geschehen wird und sie aus dem Rollstuhl kommt. Schließlich mussten auch wir einsehen, dass unsere Tochter querschnittsgelähmt bleibt." Dem Mann brach die Stimme. Frau Neumann war aufgestanden und brühte erneut Kaffee auf, um ihm die Gelegenheit zu geben, sich wieder zu fassen.

„Wir haben nun die Wohnung rollstuhlgerecht umgebaut und alle erdenklichen Erleichterungen für unser Kind angeschafft. Da Jana auch sehr verzweifelt war, wollten wir ihr eine besondere Freude machen und kauften ihr Hasso, denn einen Hund hatte sie sich schon lange gewünscht. Von dem Mann, der alles verursacht hatte, konnten wir keine finanzielle Hilfe bekommen und erwarten. Er hatte nichts. Das Fahrzeug war gestohlen und stillgelegt. Somit gab es auch keine Haftpflichtversicherung und wir mussten alles allein bezahlen."

Wieder war Walter Schubert aufgestanden und ans Fenster getreten. Er nahm weder die Sonne noch das Glitzern des Flusses, der wie Silber glänzte, wahr. Er weilte mit seinen Gedanken und seinem Herzen in der Vergangenheit und die Bilder jener Tage tauchten wieder vor seinen Augen auf. Dann, als eine lange Zeit verstrichen war, kehrte er an den Tisch und in die Gegenwart zurück. „Bald waren unsere Ersparnisse aufgebraucht. Außerdem hatte Ilse ihre Arbeit aufgegeben, um sich nur noch um Jana zu kümmern. Freunde, kleine Leute wie wir, halfen uns finanziell, denn von den Banken hatten wir keinen Kredit erhalten. Was sollten wir denen auch als Sicherheit bieten? Vielleicht den Rollstuhl unserer Tochter?", fragte er bitter. „Nach drei Jahren starb Jana an den Spätfolgen des Unfalls."

Wieder stand er auf und ging zum Fenster, um der Frau nicht den Schmerz in seinen Augen zu zeigen. „Ilse konnte den Tod unseres einzigen Kindes nicht verwinden und auch ich fand keine Ruhe. Aber im Gegensatz zu meiner Frau hatte ich noch meine Arbeit und meine Kollegen, während sie allein mit ihrem Kummer zu Hause blieb. Mit mir und den Erinnerungen beschäftigt, bemerkte ich abends nicht, oder vielleicht wollte ich es nicht sehen, wie verzweifelt sie war. Noch heute begreife ich meine Blindheit nicht und frage mich, warum der Verlust unserer Tochter dazu geführt hat, dass sich jeder von uns immer mehr in sich selbst zurückzog und dass wir nicht zueinander fanden, um den Schmerz gemeinsam zu teilen und aufzuarbeiten; wir hatten doch bis dahin stets gemeinsam unser Leben gestaltet. Bestimmt wäre alles anders gekommen, wenn ich mehr an sie und weniger an mich gedacht hätte." Verlegen griff der Mann nach einem Zipfel der Tischdecke und putzte seine Brille. Noch immer schaute er aus dem Fenster ohne etwas wahrzunehmen. Nach Worten suchend, sagte er nach längerer Pause sehr leise: „So kam der Tag, an dem sie freiwillig unserer Tochter folgte. Als ich an diesem Abend nach Hause kam, hörte ich Hasso in der Wohnung wimmern. Auf dem Tisch lag ein Zettel, auf dem stand: ‚Ich gehe zu Jana.' Für mich hatte sie keine Worte übrig gehabt. Nun wurde mir schlagartig bewusst, wie egoistisch ich gewesen bin und wie schwer sie an meinem Versagen gelitten haben muss. Und an dieser Schuld werde ich mein Leben lang zu tragen haben. Ich kann sie nicht ungeschehen machen."

Lange schwieg Walter Schubert, tief in seine Gedanken versunken. Mit dem Hund, der sich, als er seinen Namen hörte, neben ihn gestellt hatte, kam er an den Tisch zurück und setzte sich. Dann sagte er: „Der Rest ist schnell erzählt. Als ich so allein mit mir und meiner Schuld war, fand ich nur noch in meiner Arbeit einen Halt. Doch gleich darauf machte die Firma, bei der ich vierunddreißig Jahre als Schlosser und Mechaniker beschäftigt gewesen war, pleite. Ohne Abfindung und mit einem Haufen Schulden, saß ich mit siebenundfünfzig Jahren auf der Straße. Kein Betrieb wollte mich mehr wegen meines Alters einstellen. Meine große Wohnung konnte ich nach dem Auslaufen des Arbeitslosengeldes nicht mehr bezahlen und der Vermieter kündigte mir. Ich verkaufte alles, was ich besaß, um einen Teil der Schulden zu bezahlen. Ich brauchte ja kaum noch etwas, denn es gelang mir nicht, eine kleine Wohnung zu finden. Kein Vermieter war bereit, mit einem Arbeitslosen einen Mietvertrag abzuschließen, zumal ich auch das Geld für eine Kaution nicht aufbringen konnte. Bald kündigte mir auch die Bank wegen fehlender Einnahmen mein Girokonto, und so begann der übliche Reigen: Ohne Arbeit keine Wohnung, ohne Wohnung und Arbeit kein Girokonto, ohne Girokonto und festen Wohnsitz keine Arbeit.

Ab da ließ ich mich einfach treiben. Ich spielte mit dem Gedanken, auch meinem Leben ein Ende zu setzen und dachte immer: „Morgen mache ich's." Doch da waren meine noch offenen Schulden und der Hund. Ich wusste einfach nicht, ob ich weiter machen wollte oder nicht und konnte mich nicht aufraffen, beim Sozialamt Wohngeld zu beantragen. Ich hatte ja auch nichts mehr, was ich in die Wohnung stellen konnte. Außerdem hätte ich vom Arbeitslosengeld und später der Sozialhilfe bzw. dem Hartz-IV-Geld mit einer eigenen Wohnung mehr Geld für mich verbraucht. Und immer noch beschäftigte mich der Gedanke: ‚Ich mache sowieso bald Schluss.' Aber meine Schulden, die wollte ich vorher so schnell wie möglich loswerden. Und so hat mir

Hein Bolte, den ich seit vielen Jahre kenne, seinen Kahn überlassen, damit ich ein Dach über dem Kopf habe. Ich gebe ihm monatlich 15 Euro. Ich will nicht das Gefühl haben, seine Gutmütigkeit auszunutzen. Und ich zahle jeden Monat in kleinen Raten mit meinem Hartz-IV-Geld meine Schulden ab. Habe ich wirklich in einem Monat mal unverhoffte Ausgaben, dann quäle ich mich, trotz aller Scham andere um eine kleine Gabe zu bitten, denn von meiner Ratenzahlung weiche ich nicht ab. Von meinem Hund aber kann ich mich trotz der entstehenden Kosten nicht trennen, denn eigentlich ist er ja der Hund meines Kindes und er hat von Anfang an meine Einsamkeit mit mir getragen und ist immer bei mir geblieben. Ihm erzähle ich oft von den schönen Jahren meines Lebens und von Jana, aber vor allem von meinem Kummer und meinem Versagen. Schaue ich dabei in seine Augen, so lese ich in ihnen nur Vertrauen und Liebe. Der verurteilt mich nicht." Flüsternd sagte dann der Mann: „Ich habe in der Zwischenzeit mein Schicksal angenommen. Und so hoffe ich, eines Tages ohne Schulden zu sein. Dann werde ich Wohngeld beantragen und mir nach und nach eine kleine Wohnung einrichten und uns beiden wird es wieder besser gehen." Liebevoll streichelte der Mann seinen Hund, während ein zaghaftes Lächeln über sein Gesicht glitt. „Vielleicht finde ich aber auch noch einmal Arbeit, eine Arbeit, zu der mich Hasso begleiten kann."

„Könnten Sie nicht eine Private Insolvenz anmelden, um Ihre Schulden loszuwerden?", fragte Frau Neumann.

„Ja, aber dann gingen die Menschen, die mir einen Teil ihrer kleinen Ersparnisse anvertraut haben, als ich in Not war, leer aus, während ich nach sechs Jahren schuldenfrei wäre. So zu handeln bringe ich einfach nicht fertig. Ich will nicht weitere Schuld durch einen Vertrauensbruch auf mich laden."

Die Tür klappte ins Schloss und Frau Neumann war allein. Lange dachte sie über das Gehörte nach. „Wie schnell können Leid und Unglück über die Menschen kommen, die vorher glaubten, alles bis ins Einzelne ihres Lebens geplant und im Griff zu haben." Plötzlich aber stand sie energisch auf und ging entschlossen zum Telefon. Ihr war eingefallen, dass die Hamburger Tafel, für die sie selbst ehrenamtlich arbeitete, einen Kraftfahrer sucht.

„Herbstschatten"

Schatten

Die Schatten der Vergangenheit fallen
durch das Fenster der Erinnerung
über die Gegenwart bis in unsere Zukunft.

Klagend hallte der Ruf eines Käuzchens durch die Nacht. Der fahle Schimmer des Mondes fiel auf die dick verschneiten Tannen und hüllte sie in ein silbernes Licht. Weder Mensch noch Tier hatten in dem tiefen Schnee eine Spur hinterlassen. Man musste sich schon gut im Wald auskennen, wenn man sich nicht verirren wollte.

Ab und zu wurde die Stille durch ein leises, schleifendes Geräusch unterbrochen. Folgte man ihm, so führte es zu einem Wanderer, der sich langsam, auf seinen Skiern den Weg bahnte. Er schaute nicht rechts, noch links und hielt nur manchmal an, um sich den Schweiß aus der Stirn zu wischen und sich kurz zu orientieren. Er war schon lange unterwegs. Nach und nach lichteten sich die Bäume, in der Ferne konnte man ein einsames Licht blinken sehen. „Also ist er noch auf." Vorsichtig und leise glitt der Fremde weiter auf seinen Brettern durch die Nacht. Es hatte wieder zu schneien begonnen und bald waren auch die einsamen Spuren, die seine Skier im Schnee gezogen hatten, nicht mehr zu sehen. Nun hatte der Mann die Hütte erreicht. Durch das erleuchtete Fenster schaute er in eine Stube. In einem Sessel saß beim Schein der Lampe ein älterer Mann und las in einem Buch, während ein großer Hund neben ihm stand und leise knurrend zum Fenster blickte. Dann wurde das Knurren bedrohlicher. „Was hast du?", fragte der Mann, stand auf und ging, gefolgt von seinem Hund, zur Tür, vor der der Fremde inzwischen stand und an die er klopfte. Skiwanderer und Hausherr standen sich gegenüber, beobachtet von den wachsamen Augen des Tieres, das auf Befehl seines Herrn neben ihm Platz genommen hatte.

„Offensichtlich habe ich mich verlaufen." Und ohne sich vorzustellen redete der Fremde weiter: „Ich wollte zur Kerner Baude, um morgen einmal ordentlich Skilaufen zu können, aber die Wege sind alle verschneit. So bin ich wohl in die Irre gefahren." Der Mann in der Haustür sah den Fremden an, bevor er ihn aufforderte einzutreten.

„Sie müssen erschöpft sein", stellte er fest, „denn die von Ihnen gesuchte Baude befindet sich auf der anderen Seite des Berges. Sie haben einen mächtigen Bogen gemacht. Sicher haben Sie auch Hunger und Durst." Er stellte eine Tasse auf den Tisch, holte Brot und Schinken aus einem Schrank und schenkte dem Fremden heißen Tee, der schon auf dem Ofen gestanden hatte, ein. „Nehmen Sie Platz und langen Sie zu." Er setzte sich wieder in den Sessel, der Hund legte sich vor seine Füße und beobachtete den Besucher mit einem wissenden, ruhigen Blick „Ich kann Ihnen kein Nachtlager bieten, denn darauf bin ich nicht eingerichtet", erklärte der Hausherr seinem Gast, „aber bis zur Morgendämmerung will ich Ihnen gerne Gesellschaft leisten. Ich brauche nur wenig Schlaf und Sie sollten Ihren Weg erst dann fortsetzen, wenn das Schneetreiben nachgelassen hat und Sie wieder etwas sehen können."

„Nobert Wendler", stellte sich der Fremde nun endlich vor und dankte für das Angebot. Er war tatsächlich während des langen Aufstieges hungrig geworden und nahm am Tisch Platz. Während des Essens schaute er aufmerksam in der Stube umher. Das Mobiliar war grob aus heimischen Hölzern zusammengezimmert. Es bestand nur aus zwei großen Schränken, einem Sideboard, zwei mehrstufigen Regalen, die mit Büchern vollgestopft waren und zwei Stühlen an dem Holztisch, dessen Platte glatt geschliffen und poliert war. Nur der Sessel, in dem der Gastgeber an einem kleinen Tischchen saß, war bequem und stellte mit dem großen Kamin, der eine behagliche Wärme spendete, den einzigen Luxus im Raume dar. Der Strom für die Decken- und die Stehlampe wurde offensichtlich über ein Notstromaggregat erzeugt. In einer Ecke des Raumes sah Norbert noch eine Liege stehen, die hart und unbequem wirkte, davor einen großen Hundekorb. Ein kleiner Küchenschrank und ein Herd vervollständigten die Einrichtung, während sich die Toilette und der Waschraum wohl in dem Anbau befanden, den Norbert draußen gesehen hatte. „So also", dachte er, „lebt nun der Alte hier freiwillig, dabei hätte er doch unten in der Stadt alle Bequemlichkeit der Welt." Dann musterte er verstohlen sein Gegenüber. „Sein Freund", dachte er, wobei er das Wort Freund in Gedanken ironisch dehnte. Was er sah, war dichtes, kurz gehaltenes eisgraues Haar über einer hohen Stirn in einem scharf geschnittenen Gesicht. Helle, wachsame Augen blickten nachdenklich in das Feuer, ein fein geschnittener Mund, ein Kinn, das entschlossen wirkte. Es war ein Gesicht, das beim Betrachter Sympathie weckte. Aber irgendwie wirkte der Mann auch einsam und in sich zurückgezogen. „Der war auch immer in Freiheit und konnte sein Leben genießen", dachte Norbert bitter und versuchte, sich dem Eindruck dieses Gesichtes zu entziehen.

Inzwischen hatte Helge Kramm, dem die Musterung durch den Mann, der sich als Nobert Wendler vorgestellt hatte, nicht entgangen war, das Feuer im Kamin erneut angefacht, denn wie es aussah, würde er wohl die nächsten Stunden nicht ins Bett kommen. Auch er betrachtete heimlich seinen

Gast. Irgendetwas kam ihm bekannt vor. „An wen erinnern mich nur die dunklen Augen und sein Mund?"

Nachdem sein Gast aufgehört hatte zu essen, stellte er ein Glas Rotwein auf den Tisch. „Hoffentlich hört es bald auf zu schneien", begann er zu reden, „damit Sie Ihre Absicht noch verwirklichen können."

„Wie kommt es, dass Sie hier oben leben, es muss doch sehr einsam für Sie sein?", fragte Nobert Wendler ein wenig zu forsch.

„Ich bin nur ab und zu hier, sonst lebe ich in der Stadt. Aber ich liebe die Einsamkeit und Muße, die ich hier oben habe. Unten habe ich Pflichten zu erfüllen, die oft in Hektik ausarten, hier aber kann ich mich auf mich selbst besinnen und genieße dann die Ruhe. Die Gesellschaft meines Hundes genügt mir dabei vollkommen!" Bei diesen Worten streichelte Helge Kramm seinen Hund, der seinen Kopf auf die Knie seines Herrn gelegt hatte.

„Du hast es ja auch nicht nötig, selbst zu arbeiten", dachte Norbert bitter, „denn für dich arbeiten genügend andere." Plötzlich aber erschrak er, denn sein Blick war auf ein großes, eingerahmtes Foto an der Wand gefallen. „Sie gestatten?" Ohne eine Antwort abzuwarten stand auf und ging zu dem Bild, um es näher zu betrachten. Sein Herz begann schneller zu schlagen, denn dieses Foto kannte er, kannte es gut. Es zeigte drei junge Menschen bei einer Bergwanderung, zwei Männer und eine Frau, die offensichtlich sehr vertraut miteinander waren und die in das Objektiv der Kamera strahlten. Genau das gleiche Foto hatte ihm seine Mutter gezeigt, als sie wusste, dass sie bald sterben würde. Und sie hatte ihm dazu die Geschichte erzählt, die diese drei Menschen auf dem Bild miteinander verband oder besser gesagt, die sie verbunden hatte. Sie war der Grund, weshalb er hier bei dem Alten saß.

Auch Helge Kramm war aufgestanden und vor das Foto getreten. Auf einmal wurde ihm klar, an wen ihn das Aussehen seines Gastes erinnerte. „Ihre Augen sind es, die mich da anblicken", dachte er, „und der Mund ist sein Mund." Nun bemerkte er viele Ähnlichkeiten im Gesicht seines Gastes mit den Menschen auf dem Foto, Menschen, die ihm in seinem Leben so viel bedeutet hatten und die er so schwer enttäuscht hatte. Schmerzhaft fühlte er sein Herz gegen die Rippen schlagen und die Bilder der Vergangenheit stürzten auf ihn ein. Schnell taxierte er das vermutliche Alter seines Gastes und rechnete die Jahre nach, die seit den Tagen vergangen waren, an denen das Foto entstanden war. Damals hatten sie geglaubt, dass die Zukunft hell und freundlich vor ihnen läge, doch welch verhängnisvoller Irrtum. Es gab keinen Zweifel, der Fremde musste der Sohn der beiden sein und der Name, mit dem er sich vorgestellt hatte, stimmte nicht. „Also haben sie dir von mir und meinem Versagen, meiner Schuld erzählt und nun bist du gekommen, um Rechenschaft zu fordern", sprach er zu sich selbst. „Dass du hier bist, ist kein Zufall." Er hatte die Lippen bewegt und war sich nicht sicher, ob der andere ihn gehört hatte. Äußerlich ruhig wirkend setzte sich Helge Kramm, wieder in seinen Sessel und blickte in das knisternde Feuer des Kamins. Es war still im Zimmer geworden.

Vor den Augen des alten Mannes tauchte die Statur seines Vaters auf, Achtung einfordernd, er sah sein weißes Haar, weiß wie seines jetzt, vor sich. Ein gläubiger Christ, der auch seinem Sohn versuchte, christliche Werte zu vermitteln. Jeden Sonntag der Kirchgang. Und die Empörung des Vaters über das, was er hinter vorgehaltener Hand über die Nazis und die eingerichteten Konzentrationslager erfuhr. Dann, diese Nacht, als er ihn weckte, weil er Hilfe brauchte. Da waren zwölf Menschen, acht Erwachsene und vier Kinder, ängstlich und schweigend, in einem nicht genutzten, notdürftig für sie vorbereiteten Kellerraum. Die Männer, der Hauptbuchhalter und Prokurist der Firma seines Vaters und drei seiner Geschäftsfreunde, mit ihren Frauen und Kindern. Der Vater, abgehetzt, besorgt und müde, drängte zur Eile. Er sah sich mit ihm die Regale vor die Tür des Kellerraumes schieben und mit Einweckgläsern, Kisten und Schachteln vollstellen, bis nichts mehr vom Zugang zum Versteck zu sehen war. Dann, kaum in ihre Zimmer zurückgekehrt, das leise Klopfen an der hinteren Tür ...

Helge Kramm stocherte mit dem Schürhaken das Feuer auf. Außer dem Knistern der brennenden Scheite und dem Ticken der Wanduhr war kein Laut zu hören. Auch sein Gast war offensichtlich in seinen eigenen Gedanken gefangen, denn wie selbstvergessen schaute er in den Wein, drehte und schob das Glas hin und her. Kramm forderte ihn auf, den Rotwein zu probieren, dann kehrten in den Flammen des Kaminfeuers die Bilder der Vergangenheit zurück.

Er sah sich die Tür öffnen, sah seinen Freund und einen Fremden abgehetzt vor sich stehen, Einlass und Versteck begehrend und hörte das nie vergessene Quietschen der Reifen eines Autos, sein hartes Bremsen und die Schläge an der vorderen Haustür. Seine Gedanken überstürzten sich. Was sollte er tun? Er durfte nicht die versteckten jüdischen Menschen, seine Eltern, sich selbst und die Existenz der in der elterlichen Fabrik arbeitenden Menschen gefährden. Und mit diesen Erinnerungen kamen noch einmal die Schreckensbilder der Angst zurück, einer Angst so groß und bedrohlich, dass sie damals sein Denken und Handeln lähmte, ihn überflutete und unfähig machte, etwas zu tun oder zu erklären. Er glaubte, die Verfolger durch das Haus stürmen und die Flüchtlinge entdecken zu sehen und er hörte wieder die Schüsse, sah das Massaker. Die Szenarien der Angst und des Schreckens kamen wie Gespenster in die Gegenwart zurück und ließen auch heute noch seinen Atem schwerer werden. Dann sah er sich, wie er wirklich in diesen Sekunden oder Minuten des Entsetzens regungslos dagestanden hatte, regungslos und wortlos und noch immer die Tür versperrend, solange bis sein Freund mit seinem Begleiter verschwunden war. Und so als wäre es erst gestern gewesen hörte er wieder, wie sein Vater die Haustür öffnete und sah den Trupp SA-Männer, der das Haus betrat. Ihr Anführer war, welch eine glückliche Fügung, ein ehemaliger Schulkamerad von ihm, den sein Vater erkannte. Das verhinderte eine Durchsuchung des Hauses.

„Das Foto ist wohl eine wertvolle Erinnerung für Sie und zeigt Sie mit Ihren Freunden bei einer Bergwanderung?" Norbert Wendlands Stimme war eine Spur zu schrill für diese harmlose Frage, mit der er seinen Gastgeber aus seinen Gedanken riss.

„Ja, aber nicht nur Erinnerung, sondern vor allen Dingen Mahnung. Eine Mahnung, die ich hoffe, nie in meinem Leben vergessen zu haben."

Fragend sah Norbert Wendland, der in Wirklichkeit Norbert Berger hieß, auf den Mann, den er glaubte, bis eben verachten zu müssen.

„Beide, der Mann und die Frau waren meine besten Freunde", begann Helge Kramm. Und dann schilderte er dem Sohn seiner Freunde, was sich in jener Nacht abgespielt hatte und wie die Angst, die existentielle Angst, die er um sein eigenes Leben, um das seiner Eltern und auch um das der Flüchtlinge gehabt hatte, sein Denken gelähmt und ihn unfähig gemacht hatte, etwas zu tun, etwas zu erklären. „Vielleicht wäre alles gut gegangen und ich hätte meinen Freund und den Mann, den er mitgebracht hatte, vor dem Konzentrationslager bewahren können, hätte ich nur rechtzeitig reagiert. Es hätte aber auch schiefgehen können und alles wäre entdeckt worden. Noch heute weiß ich nicht, was das Richtige gewesen wäre. Und nie mehr im Leben werde ich auf diese Frage eine Antwort bekommen. Doch noch immer mache ich mir den Vorwurf, dass ich aus blanker Angst heraus versagt habe, ein Feigling war. Vielleicht hätte ich einen Ausweg gefunden, einen, der alle gerettet hätte …"

„Was ist aus den jüdischen Flüchtlingen geworden?"

„Mit Hilfe zuverlässiger Eisenbahner konnte mein Vater sie in der nächsten Nacht in einem verplombten Waggon unterbringen, der von unserem Anschlussgleis wichtige Güter an die Westfront brachte, von dort sind sie in die USA geflohen. Ihre Kinder und Enkel leben noch heute dort, das ist ihre Heimat. Sie lehnen es ab, nach Deutschland zurückzukehren."

„Und was ist aus Ihrem Freund geworden?"

„Er hat das Konzentrationslager überstanden, doch er und auch seine Frau, das ist das Mädchen auf dem Bild, haben sich geweigert mit mir zu reden, als alles vorbei war. Sie haben auch keine Hilfe von mir angenommen." Er holte tief Luft bevor er leise sagte: „Und ich konnte nichts erklären, geschweige denn wiedergutmachen."

„Und trotzdem hängt das Bild hier, das Sie an alles erinnert?"

„Ja, denn es mahnt und verpflichtet mich, dort, wo ich Einfluss habe, tätig zu werden und nicht zu dulden, dass Menschen unter Druck gesetzt werden, um eine ganz bestimmte Handlung oder Unterlassung zu erzwingen. Angst macht die Menschen unfrei, bricht ihre Persönlichkeit, bringt sie dazu zu ‚funktionieren', wie man heute so sagt."

„Aber heute, in unserer Demokratie, gibt es doch solche Ängste nicht mehr. "

Helge Kramm schüttelte den Kopf. „Das sehe ich anders. Mit der Angst lassen sich Geschäfte machen, werden Kriege vorbereitet und geführt, werden ganze Menschengruppen manipuliert, werden künstlich Bedürfnisse geweckt. Die Angst, dem Menschen von der Natur zu seinem Schutze in den Genen mitgegeben, wird auch heute überall dort gezielt und bewusst erzeugt und eingesetzt, wo es um die Durchsetzung der Interessen der Mächtigen geht. Das Spiel mit der Angst fängt oft ganz unmerklich an, im Elternhaus, in der Schule, im Betrieb, ist oft nicht gleich zu erkennen und begleitet uns ein ganzes Leben. Es ist leicht und verführerisch mit dem Erzeugen von Angst, seinen Willen, seine Interessen durchzusetzen, wenn man dazu die Möglichkeit hat. Und es ist schwer, darauf zu verzichten."

Lange schwiegen die Männer. Norbert Berger war es unbehaglich geworden. Nun schämte er sich, seinem Gastgeber seinen wirklichen Namen und sein Anliegen verschwiegen zu haben, fand aber, nach diesem Gespräch, nicht mehr den Mut, die Wahrheit zu sagen. ‚Ein unabhängiger Richter wollte ich sein, glaubte, wenn er meinen Namen kennt, wird er sich in Ausreden flüchten. Ich wollte entscheiden, ob ich Mutters Bitte erfülle oder nicht. Überschätzung und Unterschätzung sind offensichtlich nur zwei Seiten einer Medaille. Warum hat Vater nie mehr mit ihm gesprochen und warum hat er Mutter untersagt, sich mit ihm in Verbindung zu setzen? War es nur aus Enttäuschung? Was war damals noch geschehen?'

Durch die kleinen Fenster der Stube sah er den Morgen heraufdämmern. Es hatte aufgehört, zu schneien. Langsam und gleichermaßen erleichtert wie bedrückt stand er auf „Jetzt will ich versuchen, doch noch mein Ziel zu erreichen", sagte er zu seinem Gastgeber, der ihn zur Tür gebracht hatte. Er musste endlich mit seinen Gedanken allein sein.

‚Vielleicht sehe ich dich eines Tages wieder und du wirst mir ehrlich sagen, wer du bist', dachte Helge Kramm. Und während er die Haustür schloss, schaute er dem sich Entfernenden nach.

Langsam stieg die Sonne am Horizont auf. Sie färbte den Himmel blutrot und ihre ersten Strahlen ließen Schnee und Eis golden leuchten und glitzern. Aus dem Dunkel der Nacht tauchten die majestätischen Gipfel der Berge auf, in ein strahlendes gelbes und orangefarbenes Licht gehüllt. Die schnellen Wolken, über die Berge ziehend, spielten mit den Schatten, die noch über den Tälern lagen. Unberührt von Schuld, Versagen und Leid der Menschen dieser Erde, offenbarte sich die ganze Schönheit der Natur.

Das Gespräch mit Helge Kramm ging Norbert Berger nicht aus dem Kopf. ‚Überheblich war ich, selbstgerecht.' Er schüttelte sich und wer ihn sah, konnte glauben, er schüttele Schnee ab, der an seiner Kleidung hing. „Ich glaubte es meinem Vater schuldig zu sein, nicht das zu tun, um was Mutter mich gebeten hatte. Ich wollte Kramm stattdessen sein Versagen vorhalten und ihn an seine Feigheit erinnern. Glaubte nicht, dass er zu seinem Verhalten stehen würde. Und nun? Auf einmal habe ich in einen Spiegel geschaut und frage mich: Wer bin ich denn, dass ich richten darf? Wie oft habe ich geschwiegen, wo ich hätte reden müssen, nur um nicht anzuecken. Um nicht aufzufallen. Oder um meines Vorteils willen. Steckte da nicht auch eine Form der Angst dahinter, wenn auch nur eine kleine? Und die Gründe, die mein Verhalten bestimmt haben, waren die nicht schäbiger, als wenn man um sein Leben fürchten muss? Hätte ich selbst denn die Kraft gehabt, unter den damaligen Umständen und der Angst um das eigene Leben und das der anderen, ‚richtig' zu handeln? Und was wäre richtig gewesen?"

Er schaute dem Wechsel von Licht und Schatten zu, sah den eilig am Himmel ziehenden Wolken nach. ‚Ich wollte nur die Schatten sehen und nicht nach ihren Ursachen fragen. Und anders als meine Mutter war ich nur allzu schnell bereit zu verurteilen. Doch wie kommt es, dass wir so viel vom Versagen dieser Generation, aber so wenig von ihren Ängsten wissen? Oder wollen wir das andere nicht so gern sehen und hören, weil wir dann vielleicht auch unsere Zeit und unser Handeln hinterfragen müssten?'

Und während er wieder seine einsamen Spuren im Schnee zog, tauchte eine Kindheitserinnerung aus der Tiefe seines Unterbewusstseins auf. Hatte er nicht einst im Buch der Bücher gelesen: „Wer unter Euch ohne Sünde ist, der werfe den ersten Stein"!? Ohne Sünde – ohne Schuld? Jetzt wusste er, dass er diesen Weg ein zweites Mal gehen und Helge Kramm seine Lüge bekennen musste. Dann würde er auch dem alten Freund seiner Mutter ihren letzten Gruß bestellen und ihm eine kleine, goldene Kette mit einem Kreuz zurückgeben, die er seiner Mutter, als sie noch ein junges Mädchen war, geschenkt hatte.

Noch einmal blieb Norbert Berger stehen und schaute zurück. Mit den letzten Tannen, die sich auf diese Höhe gewagt hatten, schmiegte sich einsam, und als wolle sie ankommende Besucher abweisen, die kleine Hütte an den Bergeshang. Doch hinter ihren Fenstern, im Licht der aufgegangenen Sonne, sah er einen freundlichen Schatten stehen.

„Thüringer Klöße"

Des Sonntags Größe

Lange bevor der Rennsteigsänger Herbert Roth im Fernsehen der DDR als Hobby-Koch durch mehrfache Wiederholung den Slogan prägte „Ein Sonntag ohne Thüringer Klöße verlöre viel an seiner Größe", war mir als Nichtthüringerin die mythische Bedeutung der Thüringer Klöße nachhaltig bewusst gemacht worden. Ich hatte nämlich einen Thüringer geheiratet.

Schnell musste ich erkennen: Schon der Weg zum Thüringer Kloß ist eine heilige Handlung. Nicht einmal meine Schwiegermutter, die eine Thüringerin und gelernte Köchin war, durfte das unverzichtbare Produkt des Sonntags allein herstellen. Die letzten kontrollierenden und entscheidenden Handlungen waren meinem Schwiegervater vorbehalten. Ihr war es nur erlaubt, die niederen Arbeiten zu verrichten, wie die Kartoffeln schälen, sie schwefeln, dann reiben und schließlich den Anteil der Kartoffeln zum Kochen bringen und mit Kartoffelwasser zu einem recht dünnen Brei zu verarbeiten, der für das große entstehende Werk notwendig war.

Mein Schwiegervater aber übernahm die für das Gelingen entscheidenden Arbeiten, die da waren: Prüfen des Kartoffelsäckchens ob seiner Unversehrtheit, das Aufhalten desselben über einer Schüssel, mit der das Kartoffelwasser der Masse aufgefangen wurde, damit sich später die Stärke vom Wasser trennen konnte. Die Anleitung meiner Schwiegermutter, in welchem Tempo sie die geriebenen rohen Kartoffeln in das Säckchen hineinschütten und in welcher Höhe das Säckchen zugebunden werden durfte, damit es beim

Auspressen keinen Schaden nahm. War das Werk bis dahin gediehen, wurde das gefüllte und in der rechten Höhe zugebundene Säckchen in die extra für die Zubereitung der Thüringer Klöße vermutlich von einem Mann entwickelte Kloßpresse gelegt. Dabei achtete mein Schwiegervater streng darauf, dass der Inhalt des Säckchens nicht bucklig, sondern schön gleichmäßig verteilt war und das Säckchen akkurat in die Presse gelegt wurde, damit die Holzscheibe, die durch die Spindel auf das Säckchen drückte, den Inhalt desselben gleichmäßig zu einer trockenen Masse presste. Nach einer Weile wurde der Druck der Presse durch meinen Schwiegervater auf die Kartoffelmasse erhöht. Das war eine zeitraubende Angelegenheit, weil der Vorgang mehrmals wiederholt werden musste. Das Ziel bestand darin, die rohen und geriebenen Kartoffeln so auszupressen, dass sie später wie faseriges Pulver zwischen den Händen zerrieben und in einer großen Schüssel verteilt werden konnten. Über diese trockne Masse zerbröselte dann mein Schwiegervater die Kartoffelstärke, die sich inzwischen vom Wasser getrennt hatte. Jetzt durfte meine Schwiegermutter entsprechend den Befehlen meines Schwiegervaters die zu einem dünnen und heißen Brei gekochten Kartoffeln nach und nach in die Schüssel geben, während er im Schweiße seines Angesichtes, und das meine ich wörtlich, alles zu einem Kloßteig nicht rührte, sondern schlug. Die Betonung liegt auf „schlug". Zu diesem Zwecke durfte nur ein Gerät verwendet werden, das man selbst hergestellt hatte. Vom letzten Weihnachtsbaum war deshalb die Spitze mit den oberen vier Seitenästen auf die Größe eines langen Quirls abgeschnitten, geschält und geglättet worden. Mit diesem „Quirl", wie man ihn nannte, wurde also die Masse unter Aufbietung aller Kräfte so lange geschlagen, bis ein schöner, glatter Teig entstanden war. Währenddessen durfte meine Schwiegermutter die Schüssel halten und unter den misstrauischen und wachsamen Blicken ihres Mannes dem entstehenden Kloßteig etwas Salz und saure Sahne zuführen.

War der Kloßteig nach Meinung meines Schwiegervaters endlich fertig, musste meine Schwiegermutter neben die Teigschüssel eine solche mit kaltem Wasser stellen, für ihren Mann griffbereit halten und schnell die inzwischen gerösteten Weißbrotstückchen holen, damit mein Schwiegervater das Werk beenden konnte. Mit seinen großen Händen, die er zuvor immer in kaltes Wasser tauchte, formte er die Klöße, drückte in ihre Mitte die gerösteten Weißbrotstückchen, verschloss mit Kennermine den jeweiligen Kloß wieder und ließ ihn ins leicht siedende, keinesfalls aber kochende Wasser gleiten. Meine Schwiegermutter war selbstverständlich dafür verantwortlich, dass das Wasser niemals kochte. Nach etwa dreißig Minuten waren riesige, dem Umfang der Hände meines Schwiegervaters entsprechende, wunderschöne weiße und duftende Klöße fertig, die dann von den zum Essen Geladenen gierig betrachtet wurden. Dabei war es selbstverständlich, dass die Hersteller, und das war hauptsächlich mein Schwiegervater, mit anerkennenden Worten gelobt wurden. Meine Schwiegermutter, eine erfahrene und glücklich verheiratete Frau, lächelte in sich hinein und trug alles mit erstaunlicher Gelassenheit.

Frisch verliebt, wie ich war, wollte ich mich eines Tages auch an dieses Werk wagen, denn in meines Mannes Mitgift hatten sich ein selbstgefertigter Quirl, eine Kloßpresse, zwei Kloßsäckchen und etwas Schwefel befunden. Bereitwillig gab mir meine Schwiegermutter das Rezept. Außerdem hatte ich ja der Herstellung der Klöße schon zwei- oder dreimal staunend und lernend beiwohnen dürfen. Doch mein erster Versuch ging völlig daneben, denn im siedenden, nicht kochenden Wasser lösten sich meine Klöße auf. Wir aßen an diesem Sonntag Kuko-Reis, der war in acht Minuten gar und kam aus Wurzen in Sachsen, wo man, die wachsende Bedeutung des Faktors Zeit für den modernen Menschen, offenbar schon erkannt hatte. Mein Mann, ebenfalls noch frisch verliebt, tröstete mich und billigte meinem noch zu erwartenden Können eine Schonfrist zu. Das weckte meinen Ehrgeiz und ich war entschlossen, es noch einmal zu probieren.

Als berufstätige Frau mit Familie war ich schon seit Langem darauf trainiert, meinen Haushalt so rationell wie möglich zu führen. Doch die Zubereitung der Thüringer Klöße war zeit- und kraftaufwendig. Was lag näher, als zu überlegen – nur ein nicht in Thüringen geborener und aufgewachsener Mensch ist dazu fähig –, wie der Prozess vereinfacht werden konnte. Zuerst kam ich darauf, dass meine Wäscheschleuder geeignet ist, die geriebenen, rohen Kartoffeln, natürlich im Kartoffelsäckchen, zu trocknen. Die nun fehlende Kartoffelstärke ersetzte ich durch das gekaufte Kartoffelmehl. Aber dann, als ich den Kloßteig hätte schlagen sollen, war mir das zu langwierig und zu anstrengend. Also nahm ich wieder die Technik zur Hilfe. Schließlich verfügte mein Rührgerät über zwei Knethaken, mit denen ich sonst den Hefeteig bearbeitete. Und so machte ich es auch mit meinem im Entstehen begriffenen Kloßteig. Doch da kam unverhofft mein Mann zur Tür herein. Blankes Entsetzen erschütterte ihn bis in sein Inneres als er sah, wie profan ich an die geheiligte Handlung der Herstellung seiner geliebten Thüringer Klöße ging. Das konnte er weder ertragen, noch gestatten, schließlich ging es um eine langjährige Tradition, die Familie und Heimat bedeutete. Wie konnte ich nur! Und so kam es, dass mein Mann von nun an sonntags bei uns die Rolle seines Vaters übernahm, und ich, mit einem heimlichen Lächeln, die meiner Schwiegermutter.

Schade, dass er nie gesehen hat, wie ich die winzig kleinen Gurken, die ich aus Liebe zu ihm jedes Jahr zu dreißig Gläsern Gewürzgurken einweckte, vorbereitete. Statt, wie mir das gezeigt worden war, jede einzelne Gurke vorher mit einer Bürste zu waschen, was nicht nur viel Zeit verlangte, sondern auch Rückenschmerzen verursachen konnte, warf ich sie, getreu dem Vorbild der Industrie, einfach in die Trommel meines Halb-Waschautomaten und wusch sie ohne Waschpulver bei 20 Grad im Schonwaschgang mit drei Spülgängen. Trocken geschleudert habe ich sie aber nicht. So wurden sie blitzblank und blieben unbeschädigt. Vielleicht hätte mein Mann nach diesem Sakrileg seine Gurken selbst eingeweckt. So blieb er wie sein Vater ein Thüringer Sonntagskoch, mit dem Wissen des Kloß-Spezialisten, das er vermutlich schon in den Genen hatte.

„Glück"

Ich war doch schon satt

> Ein Wunder passiert nicht gegen die Natur,
> sondern gegen unser Wissen von der Natur.
>
> Augustinus

Mit einem dezenten Summen glitt der Fahrstuhl im neuen Trakt der Uni-Klinik der Tiefgarage entgegen. Verzweifelt starrte er auf die kurz aufleuchtenden Anzeigen der einzelnen Etagen, bis der Lift schließlich hielt. Die Türen glitten leise auseinander und gaben ihm den Weg frei. Noch immer stand sein Mercedes auf dem ihm zugewiesenen Platz. Vor acht Tagen hatte er ihn dort abgestellt; vor acht Tagen, als er noch voller Hoffnung den inzwischen erfolgten Untersuchungen und Behandlungen entgegengesehen hatte. Zwar hatte er selbst eingeschätzt, dass er für eine gewisse Zeit würde kürzer treten müssen, doch das beunruhigte ihn nicht. Er konnte sich das leisten, denn seine Geschäfte liefen weiter, auch ohne ihn. Doch nun war alles anders. Von einer Minute auf die andere war ihm jede Hoffnung genommen worden und die blanke Angst und Verzweiflung hatten ihn erfasst. ‚Inoperabel' hatten die Ärzte festgestellt. Auch eine Bestrahlung war wegen der Lage des Karzinoms nicht möglich und die angesetzte Chemotherapie musste wegen der von ihm entwickelten Unverträglichkeit abgebrochen werden. Er wusste, was dieser ärztliche Befund bedeutete. Höchstens noch sechs bis neun Monate würde er leben, hatte ihm der Arzt auf sein Drängen hin gesagt.

Draußen nahm ihn bei strahlendem Sonnenschein der quirlige Straßenverkehr auf. Wie immer gab es Staus an den

Autobahnab- und -auffahrten und auch die vielen Baustellen der Stadt taten ein Übriges. Nach einer Weile verließ Paco den Bereich des Hafengeländes und gelangte in die ruhigeren Straßen der Stadt, in denen die prachtvollen Villen der einstigen Diplomaten und Handelsvertretungen der Redereien standen. Schließlich erreichte er sein Ziel: Das mit allem Luxus neu erbaute Hochhaus, aus dessen oberen Fenstern man die ganze Stadt und den Hafen überblicken konnte. Mit einem Chip öffnete er das Tor des Garagentraktes, stellte den Wagen auf die Transportschienen und betrat nach dem Eingeben eines Codes durch eine Seitentür die Eingangshalle, nickte dem Angestellten der Sicherheitsfirma zu und ging zum Lift, der ihn in seine Wohnung brachte. Um sein Fahrzeug brauchte er sich nicht zu kümmern, das besorgte die eingebaute Technik. Santa Cruz, die Hauptstadt Teneriffas, hatte sich verändert und war hochmodern geworden. Die spanischen Architekten und Konstrukteure brauchten den internationalen Vergleich nicht zu scheuen. Er bejahte diese Entwicklung in Spanien und auf den Kanaren von ganzem Herzen, brachte sie doch Kapital ins Land und machte die, die sie verstanden und zu nutzen wussten, wohlhabend.

Nachdem Paco sich einen Espresso gemacht hatte, trat er auf die Veranda seiner Penthouse-Wohnung. Ein Luxusliner verließ gerade den Hafen, auf dem ein buntes Gewimmel von Schiffen aller Größen und Arten herrschte. Sein Herz zog sich vor Schmerz zusammen, denn er wurde sich bewusst, dass er selbst nie wieder unter den Reisenden sein würde. Eine ohnmächtige Wut und Verzweiflung überrollte ihn und während er sonst immer gelassen ‚alles im Griff' hatte, stand er dieser Situation hilflos gegenüber. ‚Warum gerade ich?', dachte er immer wieder, ‚warum nur gerade ich?' Dann warf er sich auf sein Bett, biss in das Kopfkissen, während sein ganzer Körper von einem Schluchzen bebte, das aus ihm herausbrach.

Beinahe lautlos, nur leicht summend glitt der Mercedes in Richtung Westen. Nach Wochen der Verzweiflung und des Sich-gehen-Lassens hatte Paco beschlossen, die nächsten und wahrscheinlich letzten Monate seines Lebens in seinem alten Elternhaus, dem Ort seiner Kindheit, zu verbringen. Er hatte alle notwendigen Dinge geregelt und nur sein behandelnder Arzt und sein Notar wussten davon. Seinem Teilhaber, seinen Freunden und Geschäftspartnern hatte er gesagt, dass er auf eine längere Reise gehe, um neue Kontakte nach Übersee zu knüpfen. Seine Erkrankung hatte er ihnen verschwiegen. Schließlich wusste er, dass die bestehenden Gemeinsamkeiten über Geschäftsinteressen und gebotene Zerstreuungen, die man sich leisten konnte, nicht hinausgingen. Mit Krankheit, Tod und Leid wollte niemand aus diesem Kreis belastet werden. Vereinbart war, dass er jederzeit in die Klinik zurückkehren konnte, wenn die Schmerzen zu stark würden oder neue Beschwerden auftreten sollten. Planmäßig musste er aber erst in vier Monaten zur Kontrolle ins Klinikum der Universität.

Während der Fahrt bemerkte Paco mit steigendem Unbehagen, wie sehr das Land zersiedelt und zugebaut worden war. Überall, wohin er sah, waren neue Straßen und Häuser, die die alten Dörfer und den spanischen Baustil völlig verdrängten und die Küste zubauten, entstanden. Und es wurde weiter gebaut. Alles veränderte sich. Der ursprüngliche Charakter seiner Heimat ging immer mehr verloren. ‚Wieso ist mir das bisher nie aufgefallen. Ich kenne die Insel doch bestens? Ist das wirklich noch meine Heimat? An dieser Entwicklung bin ich auch beteiligt', dachte er irritiert. ‚Ich tue doch alles, damit Ausländer mit entsprechendem Kapital das Land billig erwerben und ihre Prachtbauten darauf errichten können.' Wie aus einer Laune heraus, beschloss Paco die Autobahn zu verlassen und über Puerto de la Cruz auf den Straßen an der Küste weiterzufahren.

Lärmend und überquellend von Touristen, von denen viele hier ihren Wintersitz hatten, empfing ihn die Stadt. Auto an Auto und laut hupend durchquerten die Fahrzeugschlangen die Straßen. Getreu dem amerikanischen Vorbild waren die Bürgersteige teilweise mit bunten Plakaten vollgestellt, die für die Geschäfte, Bars und Bordelle Reklame machten. Dazwischen wuselten die vielen Besucher. Paco hustete und plötzlich war er sich sicher, dass die Insel ohne die Passatwinde ersticken würde. ‚Kann die Forderung *Ausländer raus!*, mit der manchmal Wände und Brücken verschmiert sind, richtig sein?' Er schüttelte unwillkürlich den Kopf. ‚Nein, so einfach ist das nicht, denn nur durch den Tourismus haben viele Bewohner der Insel eine Arbeit gefunden und die Armut wurde beseitigt. Aber vielleicht müssen wir lernen, uns zu beschränken?'

Als er Los Realejos hinter sich gelassen und von der Hauptstraße abgebogen war, wurde es ruhiger. Hier, abseits der großen Straßen, zeigte sich das alte Teneriffa mit seinen kleinen, verlassen wirkenden Dörfern, in denen die Häuser weit auseinander lagen, in einer Natur, die sie fast zu erdrücken schien. Selten verirrten sich hierher Touristen. Dann sah er das Haus seiner Kindheit. Weiß getüncht und einstöckig lag es da, so wie eh und je. Neu waren nur die Strommasten, die das Dorf durchzogen und, was man nicht sehen konnte, die inzwischen verlegten Wasser- und Abwasserleitungen. Mit Hilfe der von der Europäischen Union an Spanien gezahlten Gelder und den daran geknüpften Auflagen für die Entwicklung der Kanaren, war eine Infrastruktur auf den Inseln entstanden. Als Folge konnte auf Teneriffa

1975 die allgemeine Schulpflicht eingeführt und das Analphabetentum, zumindest bei der jüngeren Generation, beseitigt werden. Gleichzeitig entwickelte sich der Tourismus und aus allen europäischen Ländern, hauptsächlich aber aus England und Deutschland, wurden die Kanaren zum zweiten Wohn- oder sogar zum Alterssitz der Wohlhabenden. Zu dieser Zeit hatte er schon seine Heimat verlassen und war bei seinen ausgewanderten Verwandten in Amerika, um dort auf die Universität zu gehen.

Die Nacht war stürmisch und durch das weit geöffnete Fenster konnte Paco das Grollen und Tosen des Atlantiks hören. Seine Kindheit kehrte zurück und mit dem Gefühl, wieder zu Hause und geborgen zu sein, kam der Schlaf, der ihn in Santa Cruz in den letzten Wochen gemieden hatte.

Es war spät am Morgen, als er schlaftrunken ein leises Klopfen an der Tür hörte. Vanessa, seine Kindheitsgefährtin und Nachbarin, brachte ihm frische Milch und Brötchen. „Ich habe gestern gesehen, wie du mit deinem Auto durchs Dorf gefahren bist. Aber da wollte ich nicht stören. War alles in Ordnung, so wie du es vorgefunden hast?"

„Du hast alles sehr schön gemacht und ich habe mich gleich wieder zu Hause gefühlt. Vielen Dank für deine Mühe. Du hast den Kühlschrank so voll gepackt, dass ich sicher in den nächsten Wochen nicht verhungern werde."

„Ich komme ab und zu vorbei und gucke, was du so machst. Und wenn du was brauchst, sag einfach Bescheid, Paco. Übrigens, Manolo hat jetzt das Lebensmittelgeschäft seines Vaters in Los Realejos übernommen. Bei ihm kannst du telefonisch bestellen, was du willst; er bringt dir das mit dem Lieferwagen. Bald musst du aber mal abends kommen und erzählen, was du so getrieben hast in den letzten Jahren. Deine Eltern haben nur gesagt, dass du jetzt in Santa Cruz als Makler bist. Du warst ja kaum mal da, das letzte Mal zur Beerdigung deiner Eltern. Wir haben schon gedacht, du verkaufst das Haus. Schön, dass du das nicht gemacht hast. Es gehen so viele in die Städte und hier wird es immer einsamer. Ach, was plappere ich da, schlafe dich aus und erhole dich, du siehst schlecht aus. Und jetzt muss ich gehen, wir wollen heute Bananen ernten."

Mit einem Kuss auf seine Wange verabschiedete sie sich, winkte ihm zu und bevor er überhaupt, verschlafen wie er war, reagieren konnte, war sie weg. Verblüfft schaute er ihr nach. ‚Sie ist noch genauso schnell wie früher.'

Dann machte er sich sein Frühstück und setzte sich auf die kleine Terrasse am Haus.

Während er auf den Atlantik schaute, empfand er die Schönheit und Unendlichkeit des Meeres. Auf einmal fühlte er fast körperlich, wie sehr er das alles vermisst hatte. Lange hatte ihm ein Essen nicht mehr so gut geschmeckt wie heute.

In den nächsten Tagen schlief er viel. War er wach, saß er auf der Terrasse und schaute zu, wie sich die Wellen an den Lava-Felsen, die im Wasser vor der Küste standen, brachen. An der Höhe der Gischt konnte er erkennen, wie stark der Wellengang war. Hier, im Norden der Insel, war der Atlantik wild. Oft völlig unverhofft und ohne dass man einen Windhauch spürte, bauten sich riesige Wellen draußen auf dem Meer auf und stürmten aufs Ufer zu. Schon mancher Tourist, der die Warnungen missachtet hatte, war in die Fluten gerissen worden und nicht jeder konnte gerettet werden. Doch er liebte dieses Schauspiel der Natur.

Auch in den nächsten Tagen konnte er gut schlafen. Er hatte begonnen, sich in das Unvermeidliche zu fügen. Sein Verstand sagte ihm, dass er alles, was sich ihm noch an

Schönem bot, dankbar anzunehmen sollte. Doch manchmal bekam die Angst die Oberhand. Hier, im Haus seiner Eltern, hatte er den Eindruck, seiner Mutter und seinem Vater nahe zu sein und ihre Fürsorge, so wie als Kind zu spüren. Und so kamen die Momente des ohnmächtigen Anrennens gegen sein Schicksal immer seltener und damit wurden auch die schmerzfreien Phasen länger. Nach und nach begann er sich auch wieder für sein Umfeld zu interessieren. Er öffnete alle Schränke und Truhen im Haus und kramte in der Hinterlassenschaft seiner Eltern. Was hatten sie nicht alles aufgehoben. Da fand er von sich alte Fotografien und Schulzeugnisse, Karten, die er seinen Eltern aus Amerika geschickt hatte, auch seinen alten Teddy, der als Kind sein ein und alles war und den er immer mit ins Bett genommen hatte. ‚Wie sehr müssen mich Mama und Papa geliebt und vermisst haben. Wie selten habe ich sie besucht, und wenn, dann nur für wenige Stunden. Immer hatte ich Wichtigeres zu tun.' Er nahm den Teddy und strich ihm über sein struppiges Fell. ‚Nie haben sie sich über meine Kurzbesuche beklagt, aber ich habe doch gemerkt, wie traurig sie darüber waren. Und dann sind sie so schnell gestorben. Zuerst Mutter, dann Vater. Er hat wohl die Einsamkeit nicht ertragen und von mir nichts erwartet. Und heute? Heute kann ich nichts mehr gutmachen und ihnen sagen, wie sehr sie mir fehlen und wie sehr ich ihnen für meine Kindheit dankbar bin.'

Eines Tages fand Paco in einem Karton mehrere seiner alten Schulhefte. Überrascht stellte er fest, dass er als schon als Zwölfjähriger kleine selbsterfundene Kindergeschichten geschrieben hatte. Daran hatte er nie wieder gedacht. Da war die Geschichte von der kleinen schwarzen Eidechse, die eines Tages eine Fliege in einer Tasse Milch umherstrampeln und um ihr Überleben kämpfen sah. Der kleinen Eidechse tat die Fliege leid, denn sie wusste, was Angst ist. Und so rettete sie die kleine Fliege. Als die Fliege überrascht fragte, warum ihre Retterin sie nicht verspeist habe, als sie so nass war und nicht fliegen konnte, sagte die kleine Eidechse: „Warum sollte ich das tun? Ich war doch schon satt." Weiter las er von dem kleinen Pedro, der auf seinem Eselchen reitend Bananen nach Hause schaffen sollte. Aber der Esel war noch jung und die schwere Last erdrückte ihn fast. Da stieg Pedro ab, lief neben dem Eselchen her und nahm ihm ein Bündel der Bananen ab, obwohl er keine Schuhe trug und die scharfen Lavasteine seine Füße verletzten. Und so handelte jede der kleinen Geschichten von der Hilfsbereitschaft der Lebewesen untereinander und dem Verzicht auf Beute, wenn sie ihrer nicht bedurften.

‚So habe ich mir einmal die Welt vorgestellt.' Paco merkte nicht, wie er die Hefte an seine Brust presste. ‚Wo ist nur dieser kleine liebenswerte Junge geblieben, der diese Geschichten erfunden und empfunden hat? War ich das wirklich? Wann und warum habe ich mich nur so verändert? Eigentlich habe ich immer das Gegenteil gelebt. Nie war ich satt, nie habe ich genug bekommen. Immer habe ich versucht, denen, die ihr Land verkaufen mussten, so wenig wie möglich zu geben. Ich habe genommen, was ich kriegen konnte. Oft habe ich hemmungslos die Notlagen der Verkäufer ausgenutzt. Ohne ein schlechtes Gewissen zu haben. Im Gegenteil. Ich fand mich dann besonders clever und in. Aber ist unsere Zeit nicht so? Will sie uns nicht so haben? Bedeutet etwa jung und dynamisch sein in Wirklichkeit etwas ganz anderes? Dass man unersättlich und rücksichtslos ist?'

Tagelang dachte Paco über diese Fragen nach und viele Geschäfte, die er in den vergangenen Jahren getätigt hatte, kamen ihm nun schäbig vor. ‚Diese von der Gier geprägten Wertevorstellungen können doch nicht der Sinn meines Lebens sein. Zu spät. Was könnte ich in der kurzen Zeit, die mir noch bleibt, noch ändern …'

Dann, eines Tages, als er nach Westen schaute und wie so oft vom Anblick des Teide ob seiner Majestät und Schönheit überwältigt war, kam ihm eine Idee. ‚Ich lasse den kleinen liebenswerten Jungen und seine Geschichten in einem Kinderbuch neu erstehen. Vielleicht wird das Buch auf seine kleinen Leser nachhaltiger wirken als es auf mich, seinem Verfasser, gewirkt hat.' Und wozu konnte er so gut zeichnen und malen? ‚Ich werde das Buch selbst illustrieren und auf eigene Kosten drucken und verlegen lassen. Ja, das mache ich.' Wieder sah er auf den Teide. ‚Es soll dann an Kinder-Bibliotheken und Kindergärten kostenlos verteilt werden und wenn sich das Buch verkauft, soll alles UNICEF zugutekommen. Außerdem werde ich noch was drauflegen und alles von meinem Notar rechtlich absichern lassen.' Paco atmete tief die Luft seiner Heimat ein und es schien ihm, als roch er das Meer und die Berge. ‚Wenn das Buch das spätere Handeln nur eines einzigen Kindes positiv beeinflusst, habe ich vielleicht doch noch etwas Gutes in die Welt gebracht.'

Konzentriert und mit großem Eifer machte sich Paco in den nächsten Wochen und Monaten ans Werk. An seine Krankheit dachte er kaum noch. Schnell war auch ein Verlag gefunden, der bereit war, ohne eigenes Risiko das Buch herauszubringen. Als der letzte Feder- und Pinselstrich getan und das Manuskript zum Druck freigegeben worden war, blieben Paco nur noch acht Tage Zeit, bevor er wieder nach Santa Cruz zur Nachkontrolle musste. Zuvor aber wollte er noch einmal auf den Teide. Er fühlte sich jetzt so gekräftigt, dass er den Aufenthalt auf dem 3 818 Meter hohen Berg nicht mehr fürchtete.

Der Nebel hatte sich verflüchtigt und ein strahlender, wolkenloser Himmel ermöglichte Paco eine ausgezeichnete Fernsicht. Rund um den Teide, unten in der Weite des Atlantiks, lagen die einzelnen Inseln der Kanaren. ‚Wie schön und wie verletzlich sie sind.' Seine Sorgen kamen ihm auf einmal klein und nichtig vor. Dass er diesen Tag, der ihm so viel Freude und Schönheit brachte, noch einmal erleben durfte, machte ihn trotz der Wehmut, die er empfand, glücklich und froh.

Lange konnte er sich nicht entschließen nach unten zu fahren. Erst als die Nebel aufzogen, nahm er Abschied. Trotz aller Dankbarkeit war er traurig, denn er wusste, dass er zum letzten Mal hier oben gewesen war.

In dieser Nacht hatte Paco einen Traum. Obwohl es stockfinster war, wanderte er einen endlos langen Weg entlang, der von einem unwirklichen Licht schwach beleuchtet wurde. Links und rechts bedrohten ihn dicht gedrängt Bäume und Gestrüpp und es war beängstigend still. Kein Laut war zu vernehmen. Er hörte weder seine eigenen Schritte, noch eine Eidechse rascheln. Wohin er wollte, wusste er nicht; aber etwas, das stärker war als er, zwang ihn, immer vorwärts zu laufen, immer vorwärts. Nach einer langen Zeit des Gehens sah er schließlich ganz weit entfernt ein schwaches Licht leuchten. Verzweifelt versuchte er, schnell zum Licht zu gelangen. Aber soviel er auch lief und hastete, die Entfernung wurde nicht geringer. Dann, als er erschöpft aufgeben wollte, war er plötzlich angekommen. Er trat aus dem Dunkel auf eine im hellsten Sonnenschein strahlende Lichtung. Eine bis zum Horizont reichende Wiese mit blühenden Sträuchern lag vor ihm. Im leichten Sommerwind nickten ihm tausende Blumen in allen Farben zu. Prachtvolle Schmetterlinge, die er nicht kannte, flogen von Blüte zu Blüte und aus den

Büschen zwitscherten und sangen Vögel um die Wette. Als Paco aufwachte, war er ganz ruhig.

Die Tür seines Zimmers in der Uni-Klinik von Santa Cruz öffnete sich. Sein behandelnder Arzt und weitere fünf seiner Kollegen kamen, um ihm das Ergebnis der dreitägigen Nachuntersuchungen mitzuteilen. Paco wertete dies als schlechtes Zeichen, denn warum sollten sonst so viele Ärzte zu ihm kommen?

Zuerst einmal wollten die Mediziner ganz genau und in allen Einzelheiten wissen, wie er die vergangenen vier Monate verbracht hatte.

„Ich war völlig verzweifelt und habe Tag und Nacht gegen mich und die Welt gewütet, mit allem gehadert." Paco erzählte, ohne das ihn die Ärzte unterbrachen. „Kurz bevor ich zur Nachuntersuchung kommen musste, ist mein Buch fertig geworden und wie mein Verleger sagt, ist es ein gutes Buch geworden."

Die Ärzte vergewisserten sich noch einmal, dass er keine anderweitigen Behandlungen seiner Krankheit während dieser Zeit in Anspruch genommen hatte und dass seine Schmerzen nach und nach wirklich von allein verschwunden waren.

Dann nahm sein Arzt das Wort: „Wir wissen nicht, welche Kräfte in diesen Fällen wirken, aber Tatsache ist, dass Ihr Karzinom ohne Operation, Bestrahlung und Chemotherapie verschwunden ist. Sowohl die Aufnahmen im CT, wie die Blut- und die histologischen Untersuchungen bestätigen dieses Ergebnis. Ab und zu erleben wir das Wunder einer sogenannten Spontanheilung, können sie aber immer noch nicht wissenschaftlich erklären. Ob der Krebs für immer gegangen ist, wissen wir nicht. Wir werden das weiter beobachten müssen. Heute aber können wir Sie zu unserer großen Freude und Überraschung als ‚geheilt' entlassen."

Wieder saß Paco auf der kleinen Terrasse seines Elternhauses, doch dieses Mal voller Glück und Dankbarkeit. Nach diesem unverhofften Ergebnis der Untersuchungen war er nicht in Santa Cruz geblieben, sondern erneut an den Ort zurückgekommen, an dem ihm das Wunder widerfahren war. Noch wusste er nicht, wie er seine Zukunft gestalten wollte, aber so wie bisher, wollte er nicht mehr leben. Er war entschlossen, seinem Leben einen neuen Sinn zu geben.

Nach und nach färbte die untergehende Sonne den Abendhimmel rot und gelb. Plötzlich, wie im Märchen, tauchte die Silhouette der Insel La Palma am nordwestlichen Horizont auf. Blitzend wie blankes Silber lag der Atlantik unterhalb des Dorfes und unermüdlich brandete das Meer auf das Land zu. Im ewigen Spiel brachen sich seine Wellen an den spitzen Felsen, hoch spritzte die Gischt und schmückte mit ihren weißen Schaumkronen die schwarzen Lava-Felsen. Weit hinten, von Santa Cruz kommend, zog ein Schiff ruhig auf seinem Kurs einem fernen Ziel entgegen. Paco empfand diesen Anblick wie ein Symbol. Auch er strebte einem neuen Ziel entgegen. Den Weg dahin, würde er finden.

Die Zeit danach

Feddersen liebte die Gleichförmigkeit seines Lebens. Sie gab ihm innere Ruhe und Sicherheit, machte ihn zufrieden und, wie er sich selbst einredete, glücklich.

Das war nicht immer so gewesen. Als sich vor knapp sechs Jahren seine Welt, seine Träume und seine Hoffnungen in Nichts auflösten, war er fast daran zerbrochen. Da hatte er sich geschworen, sich nie wieder solchen seelischen Konflikten auszusetzen und sein Leben so zu organisieren, dass sein inneres Gleichgewicht nie wieder durch unvorhergesehene Ereignisse so empfindlich gestört werden könne. Und das war ihm in der Zwischenzeit auch gelungen.

Begonnen hatte er damit, sein äußeres Leben zu disziplinieren und sich von dem einmal festgelegten Tagesablauf durch nichts abbringen zu lassen. So ging er unerwünschten Geschehnissen aus dem Wege, hoffte und ersehnte nichts. So – und darauf kam es ihm an – konnte er nicht enttäuscht werden. Jeden Morgen stand er um die gleiche Zeit auf, verrichtete die gleichen Tätigkeiten, ging um die gleiche Zeit aus dem Haus und traf um die gleiche Zeit im Büro ein. Jeden Mittag um die gleiche Zeit aß er in der Kantine des Betriebes sein Mittagbrot. Montags Eintopf, dienstags Gulasch mit Nudeln, mittwochs Bratkartoffeln mit Sülze, donnerstags Schnitzel mit Gemüse und schließlich freitags Bratfisch- oder Kochfisch mit Petersilienkartoffeln.

An seiner Arbeit liebte Feddersen die Eintönigkeit. Er verspürte nicht das geringste Bedürfnis, etwas anderes zu tun oder gar befördert zu werden, war kollegial, beteiligte sich nie am Büroklatsch und war bei allen wegen seiner Be-

„Knicks in Norddeutschland", Pastellkreide

scheidenheit und Loyalität beliebt. Ihn zu irgendwelchen Aktivitäten nach der Arbeitszeit zu animieren hatten seine Kolleginnen und Kollegen vor langer Zeit aufgegeben.

Auch heute, am Donnerstag, war der Tag wie immer verlaufen. Er hatte mittags wie immer ein Schnitzel mit Blumenkohl gegessen und war nach Feierabend pünktlich wie immer mit dem 60er Bus nach Hause gefahren, hatte wie immer mit dem Fahrer ein paar höfliche Worte gewechselt und den Abend wie immer nach dem Abendbrot und dem Reinigen der Küche teils fernsehend, teils lesend verbracht. Pünktlich um 22:30 Uhr war er ins Bett gegangen, auch das wie immer.

Plötzlich wurde Feddersen durch ein heftiges Läuten aus dem Schlaf gerissen. Verwirrt überlegte er, ob das seine Türglocke war, die so schrill lärmte, denn schon lange hatte er sie nicht mehr gehört. Als das Klingeln nicht aufhörte, stand er auf, zog seinen Bademantel an, ging zur Tür, blickte durch den Spion und sah die Umrisse einer Frau und eines Kindes.

Als er die Tür geöffnet hatte, schaute er fassungslos in das Gesicht seiner Frau. Sein Herzschlag setzte aus, stolperte dann weiter und alles Blut drängte zu seinem Herzen, so dass er glaubte, es werde zerspringen. Lange Zeit war er außerstande ein Wort zu sagen. Dann ließ er sie und das Kind eintreten.

Es war am zeitigen Vormittag als Feddersen und der fast fünfjährige Timm gemeinsam der Frau und der Krankenschwester nachsahen, bis sich die Tür der Station V des Krankenhauses hinter ihnen schloss. Plötzlich schob sich eine kleine Kinderhand in die feuchte Hand des Mannes. Da spürte Feddersen, dass nun für ihn die Zeit gekommen war, wo sich alles in seinem Leben ändern würde. Er würde Verantwortung übernehmen für einen oder – wenn das Schicksal es gut mit ihm meinte – für zwei Menschen, die er liebte.

„Fernes Ziel"

Mein langer Weg

Ich war überwältigt. Dass sie wiedererstanden war, grenzte für mich an ein Wunder. Im Sonnenschein dieses Frühlingstages stand sie leuchtend da und reckte ihre schön geschwungene Kuppel in den blauen Himmel. Das goldene Kreuz, in England gefertigt und gespendet, glitzerte als Symbol der Versöhnung im Licht der Sonne. Nur die rauchgeschwärzten dunklen Originalsteine, die für ihren Wiederaufbau verwandt worden waren, setzten sich von den neuen, sandfarbenen deutlich ab. Sie waren der Vernichtung entgangen.

Dann öffneten sich die Türen der Dresdner Frauenkirche. Staunend und bewundernd betrachtete ich, was Handwerker und Künstler vollbracht hatten. Die Frauenkirche war im wahrsten Sinne des Wortes aus den Trümmern wieder auferstanden. Die einsetzende Orgelmusik führte mich weit in meine Erinnerung zurück. Schon einmal hatte ich an einem Frühlingstag vor sechzig Jahren vor dieser schönen Kirche gestanden. Da war sie in Schutt und Asche gesunken. Die Bilder der Vergangenheit stiegen aus meiner Erinnerung auf und führten mich zu jenen Tagen zurück, als mein langer Weg begann.

Die Nacht war bitterkalt gewesen. Ich krümmte mich dick eingemummelt auf der Rückbank eines Kettenfahrzeuges der Deutschen Wehrmacht und hatte das Gefühl, erfrieren zu müssen. Dieser Winter 1945 wurde von Eis und Kälte beherrscht. Tag für Tag zeigte das Thermometer zwischen zwanzig und fünfundzwanzig Grad Minus. Eine andere

Bleibe hatten wir jedoch nicht, denn am 22. Januar waren auch wir zu Flüchtlingen geworden und froh, nicht wie andere auf den verschneiten Straßen kampieren zu müssen. Selten wurden uns auf unserem langen Fluchtweg die Türen geöffnet. Viele, vor allem die Alten und Kinder, überstanden diese Strapazen nicht.

‚War es Zufall, dass wir überlebten?', habe ich mich in meinem Leben oft gefragt. ‚Und wie oft wohl mag ein Schicksal von Zufällen abhängen? Von den Entscheidungen einzelner, die vielleicht aus einer Laune heraus handelten oder auf höheren Befehl? '

Am frühen Nachmittag des 13. Februar, wir waren fünfzig Kilometer vor Dresden, wurden durch den Radiosprecher feindliche Bomberverbände, die in Richtung Osten fliegen, angekündigt. Später hörten wir das immer stärker anschwellende dumpfe Brummen der Motoren der Flugzeuge. Dann sahen wir sie. Eine Staffel löste die andere ab und flog über uns hinweg in Richtung Dresden. Voller Angst standen wir auf der Dorfstraße und starrten ihnen nach. Bald hörten wir ein nicht enden wollendes Rauschen, wie wir es noch nie vernommen hatten. Wir stellten uns vor, dass es so sein müsse, wenn die Erde zu beben beginnt oder wenn die Welt untergeht. Es war inzwischen dunkel geworden, aber westlich von uns hatte sich der Horizont nach und nach gelb und blutrot gefärbt. Wir wussten, jetzt brennt die Stadt, in der wir schon sein wollten und auch schon gewesen wären, wenn man uns nicht zufällig aufgehalten hätte.

Warum ausgerechnet Dresden? Darüber ist viel gesagt und geschrieben worden. Dresden hatte keine nennenswerte Industrie. Die Stadt, berühmt auch durch den sagenhaften Canalettoblick, wurde und wird das „Florenz des Nordens" oder einfach „Elbflorenz" genannt. Stundenlang, und obwohl der Ausgang des Krieges längst entschieden war, bombte in dieser Nacht die Royal Air Force Dresden flächendeckend zu. Als es hell wurde, vollendeten die Bomber der USA das begonnene Werk. Sie konzentrierten sich auf die wenigen vorhandenen Betriebe. Beide Länder, England und die USA, folgten damit einer Strategie, die zwischen ihnen schon 1942 vereinbart worden war, denn nur die Luftwaffe der USA hatte zu dieser Zeit Erfahrungen im Präzisionsbombardement.

Sowohl England als auch die USA wussten, dass sich in jenen Tagen etwa fünfundzwanzigtausend Flüchtlinge in Dresden befanden. Trotzdem, vielleicht auch gerade deshalb, und als Revanche für den Raketenbeschuss und die Zerstörung englischer Städte durch die Bomben der Deutschen Wehrmacht, wurde am 13. und 14. Februar 1945 auf Dresden der größte Bombenangriff während des Zweiten Weltkrieges geflogen. Er galt fast ausschließlich der Zivilbevölkerung.

Die genauen Zahlen der Opfer konnten bis heute nicht ermittelt werden. Niemand wusste, wie viele Flüchtlinge tatsächlich zu dieser Zeit in Dresden waren, wie viele Menschen vollständig verbrannt sind und wie viele Tote unter den Trümmern begraben lagen. Nach offiziellen heutigen Schätzungen sollen zwischen fünfundvierzig- und fünfzigtausend Menschen an diesen beiden Tagen umgebracht worden sein. Manche meinen sogar, es seien um die zweihundertfünfzigtausend Opfer zu beklagen. Was wäre mit uns geschehen, wenn uns der Zufall nicht davor bewahrt hätte, zu diesem Zeitpunkt in Dresden zu sein?

Dresden meidend, führte uns unser weiterer Weg in den nächsten Wochen über das Vogtland bis nach Karlsbad, das heute in Tschechien liegt. Hunger, Tiefliegerangriffe, Artilleriebeschuss und der Tod waren ständige Begleiter.

Die Kapitulation des Hitler-Regimes erlebten wir in Karlsbad selbst. Zuvor aber mussten wir nun doch schwere

Bombenangriffe überstehen. Es wunderte mich, dass in das Kurviertel mit seinen Villen und Luxushotels während des ganzen Krieges nicht eine einzige Bombe fiel, während das Arbeiterviertel „Fischern", in dem auch meine Mutter und ich untergebracht worden waren, dem Erdboden gleichgemacht wurde. War das wirklich Zufall in einem Krieg, der nichts dem Zufall überließ oder wurde das Kurviertel verschont, weil hier in den Villen und Hotels internationales Kapital steckte?

Wir überlebten auch diese Angriffe. Drei Tage und drei Nächte brachten wir wegen der Luftangriffe in einem Keller zu. Dann liefen meine Mutter und ich durch die brennenden Straßen, um der Flammenhölle zu entkommen. Das Feuer der Phosphorbomben war kaum zu löschen. Die Erinnerungen an diese Erlebnisse aber blieben für immer im Gedächtnis, auch wenn wir versuchten, sie später zu vergessen.

Nachdem Deutschland am 8. Mai offiziell die Kapitulation erklärt hatte, wollten wir nur noch nach Hause, zurück nach Breslau. Unser Weg, teils auf Pferdefuhrwerken, teils in Güterwagen der Reichsbahn, doch überwiegend zu Fuß, führte uns im Mai auch durch Dresden. Der Anblick der zerbombten Stadt war unbeschreiblich grauenhaft. Vor unseren Augen breitete sich eine Trümmerwüste aus und wir dachten an die vielen Menschen, die unter Schutt und Asche begraben und an die vielen Kulturdenkmäler, die für immer vernichtet worden waren, darunter auch die weltberühmte Dresdner Frauenkirche. Manchmal begegneten wir Kindern und Frauen, die in den Schuttbergen nach etwas Verwertbarem suchten. Sie vervollständigten das trostlose Bild des Elends.

Als wir auf einer Brücke die Elbe überquerten, sahen wir am rechten Ufer eine große, bunte, orientalische Kuppel auftauchen. Sie gehörte zur Zigarettenfabrik Salem, die von den Alliierten verschont worden war. Wie eine Fata Morgana inmitten der Zerstörung erschien sie uns nun als ein Zeichen der Hoffnung. Trotzdem versuchten wir, ohne weiteren Aufenthalt dem Albtraum Dresden zu entkommen.

So viel wir auch in diesen fünf Monaten auf den Straßen und Wegen durch Deutschland liefen, sahen und erlebten, nie kamen wir an das Ende dieses langen Weges. Inzwischen hatten die Alliierten Deutschland aufgeteilt. Schlesien, Pommern und Teile Ostpreußens hatte Polen bekommen, die Sowjetunion erhielt Estland, Lettland und Litauen, Teile Ostpreußens sowie weite Gebiete im Osten Polens. Als Dank für die großzügige Gabe schwiegen die sowjetischen Machthaber zum Abwurf der Atombomben auf Hiroshima und Nagasaki.

Und so war die Neiße, als wir sie endlich erreichten, zum Grenzfluss geworden, den wir nicht passieren durften. Alles war umsonst gewesen, wir konnten das erstrebte Ziel nicht mehr erreichen. Das Schicksal zwang uns, einen neuen Weg zu suchen.

Manchmal frage ich mich, wie wäre mein Leben verlaufen, wenn ich wieder nach Breslau zurückgekonnt hätte?

Meine Mutter hat Breslau nie wiedergesehen, ich erst vierzig Jahre später als Touristin und als eine von zwei Millionen heimatvertriebenen Schlesiern, Ostpreußen und Pommern. Während ich auf einer der mir vertrauten Brücken stand und dem Lauf der Oder nachschaute, wurde ich wieder zornig. Wir, die kleinen Leute, waren die Bauern gewesen im Schachspiel der Großen. Immer sind wir es, die den Krieg bedienen und bezahlen, oft auch mit dem eigenen Leben, während die Urheber und Strategen in sicherer Entfernung die Fäden ziehen. Das ist nicht neu in der Geschichte und bis heute so geblieben.

Die Türen der Kirche öffneten sich und nur langsam fand ich wieder in die Gegenwart zurück. Die Frauenkirche hatte es geschafft. Sie war fast in alter Schönheit wiedererstanden, symbolisierte Vernichtung und Neubeginn. Ich hatte das Gefühl, nun war mein langer Weg zu Ende.

Hoffnungen, zerschlagen

Sie lauscht dem Klang der zuklappenden Tür nach und steht verloren in dem einsamen Treppenhaus. Nie wieder würde sie diese Tür öffnen, nie wieder würde sie diese Treppen steigen und nie wieder würde sie in dieses Haus zurückkehren. Müde setzt sie sich auf die Stufen, starrt die mit Ölfarbe gestrichenen Wände des Hausflures an.

Wie glücklich waren sie gewesen, als ihr Mann und sie vier Jahre nach ihrer Hochzeit mit ihrer zweijährigen Tochter endlich diese Wohnung bekommen hatten. Damals war für sie ein Traum in Erfüllung gegangen. Zwei und fünf Jahre danach waren ihre zweite und dritte Tochter geboren worden, ihr Mann hatte seine Promotion beendet und sie auch in ihrem Beruf, dank der bestehenden Kindereinrichtungen, trotz der häuslichen Verpflichtungen Erfüllung gefunden.

Die Töchter konnten nach dem Abitur studieren, fanden in Halle Arbeit und auch, als Ina und Brita eine eigene Familie gründeten, blieb der enge Kontakt zu ihrem Elternhaus bestehen. Als ihr Mann wusste, dass er von ihnen allen Abschied nehmen musste, hatte er sie getröstet: „Sei nicht traurig, du wirst nie allein sein, denn unsere Töchter und Schwiegersöhne werden sich um dich kümmern und auch ich werde immer bei euch sein, wenn ihr an mich denkt."

Seine Worte hatten ihr oft Trost gespendet und er hatte ja Recht gehabt. Bis – ja bis zu jenen Tagen, die alles veränderten.

Sie begannen, als nach vierzig Jahren der Trennung Ost- und Westdeutschland wieder ein Deutschland wurden. Wie froh waren sie gewesen. Doch dann kam der Alltag.

„Am Atlantik", Öl

Betriebe und andere Einrichtungen wurden geschlossen, aufgelöst, gewachsene Strukturen zerschlagen, andere, auch im wissenschaftlichen Bereich neu geschaffen und es kamen Menschen aus den „alten Bundesländern" – wie man nun sagte –, die mit diesen Bereichen und den für die hiesigen Beschäftigten neuen Gesetzen und Bedingungen vertraut waren. Im Arbeitsleben blieb fast nichts so, wie es einmal gewesen war.

Bald hatten auch ihre drei Töchter und zwei Schwiegersöhne ihre Arbeit verloren. Das, was einst ihr Stolz gewesen war, wurde ihnen nun zum Verhängnis, denn auf einmal waren sie „überqualifiziert" und fanden keine Arbeit mehr. Ina und ihr Mann gingen schließlich nach mehrjähriger Arbeitslosigkeit als Nuklear-Mediziner und Spezialisten an die Universität von Toronto, von der sie schon zu DDR-Zeiten Einladungen zu Symposien erhalten hatten. Brita und ihr Mann waren als Fachärzte in Schweden begehrt und willkommen und Cornelia arbeitete nun als Bankerin für eine der großen deutschen Banken in Seattle.

Und sie? Sie bleibt zurück, denn in ihrem Alter hat sie nicht mehr den Mut und die Kraft, in einem fremden Land mit einer ihr unbekannten Sprache und ohne die ihr verbliebenen, wenigen Freunde ihren Lebensabend zu verbringen.

Während sie sich ihre Augen trocknet, redet sie in Gedanken mit ihrem Mann: „Siehst du, jetzt bin ich doch allein. Und so wie mir geht es vielen Alten, deren Kinder unsere Stadt und ihre Eltern verlassen haben. Auch die müssen wie ich auf die vertrauten Hände und Gesichter verzichten und fremde Hilfe in Anspruch nehmen, wenn sie die Beschwernisse des Alters nicht mehr allein tragen können. Das hatten wir uns so nicht gedacht."

Mühsam erhebt sie sich, geht die Treppenstufen ein letztes Mal nach unten, steht auf der Straße, blickt in die Richtung, in die der kleine Möbelwagen verschwunden ist und dann noch einmal auf das alte Haus und die Straßenbäume, an deren Größe sie die hier verbrachten Jahre sehen kann. Sie weiß, dass sie nie wieder hierher zurückkommen wird. Dann geht sie, zögernd und langsam, einsam und allein zu ihrem neuen Heim im betreuten Wohnen.

Eine verunglückte Dienstfahrt

Die Morgensonne ließ den riesigen Bauplatz vor dem Hochhaus viel freundlicher als sonst erscheinen und die Vögel zwitscherten dem neuen Tag ihr Begrüßungslied entgegen. „Es wird eine angenehme Fahrt werden," dachte ich, während ich vor dem Haus nach dem „Wolga" und dem neuen, mir noch unbekannten Kraftfahrer ausschaute, der mich nach Meißen bringen sollte.

Es war schon nach sieben Uhr und von dem Dienstwagen und seinem Fahrer war nichts zu sehen. Dabei sollte der Wagen bereits seit einer halben Stunde mit mir unterwegs sein. Wahrscheinlich, so tröstete ich mich, irrte der Neue, der weder aus Halle, noch aus Halle-Neustadt stammte, mit seinem Wagen umher.

Gegenüber meiner Warteposition stand ebenfalls ein Wolga, das in der DDR typische Dienstauto. Ich hatte den mir unbekannten Fahrer bereits angesprochen, aber er war vom Rat der Stadt und wollte die Oberbürgermeisterin abholen, die im selben Hochhaus wie ich wohnte. Und so warteten wir geduldig; ich direkt vor dem Haus, er auf der gegenüberliegenden Straßenseite.

Langsam verging die Zeit, die Vögel beendeten ihr Morgenkonzert und die Kinder machten sich auf den Weg zur Schule. Weit und breit war weder von meinem Wolga, noch von der erwarteten Oberbürgermeisterin etwas zu sehen. Gern hätte ich mich bei meinem Betrieb nach der Ursache der Verspätung erkundigt, doch wie sollte ich das tun? Handys gab es noch nicht und mein Telefon stand in meiner Wohnung in der achten Etage. Ich wollte nichts riskieren und musste, ob ich wollte oder nicht, weiter wartend vor dem Haus stehen bleiben.

Auch der Kraftfahrer des Wagens des Rates der Stadt rührte sich nicht vom Fleck. Schließlich mahnt man eine Oberbürgermeisterin nicht zur Pünktlichkeit. Und so verging weitere Zeit.

Auf einmal kam ein weißer Wolga mit übererhöhtem Tempo angefahren und hielt direkt vor mir. Es öffnete sich die hintere Wagentür und zu meiner Überraschung stieg die Oberbürgermeisterin von Halle-Neustadt aus.

Es stellte sich heraus, dass der Fahrer meines Betriebes mit seinem Wagen in Unkenntnis der Örtlichkeit vorsichtshalber schon vor dem vereinbarten Termin vor dem Haus gestanden, aber wegen des zu frühen Zeitpunktes noch nicht bei mir geklingelt hatte, als die ihm persönlich nicht bekannte Frau ohne jegliches Zögern in seinen Wagen stieg und sich nach einem kurzen Morgengruß in die mitgebrachten Akten vertiefte. Zwar wunderte er sich, dass sich sein Fahrgast nicht mit ihm als Neuen bekannt machte, aber er war zu schüchtern, sich selbst vorzustellen. Da auch ich ihm unbekannt war, fuhr er schließlich in der Annahme, alles sei in Ordnung, los.

Erst nach einer längeren Fahrt schaute sein Fahrgast auf und fragte: „Wo fahren Sie denn eigentlich hin?", worauf der Fahrer das Ziel seiner Reise nannte. Entsetzt bemerkte nun die Fragende, dass sie offensichtlich in einem nicht zum Fuhrpark des Rates der Stadt Halle-Neustadt gehörenden Auto saß und der Fahrer, dass er einen falschen Fahrgast hatte.

Da Entführungen zu dieser Zeit in unserem Lande so gut wie unbekannt waren, hielt sich der Schreck des falschen Passagiers in Grenzen. Nachdem der Sachverhalt aufgeklärt war, blieb somit nichts anderes übrig, als an den Ausgangspunkt der Reise zurückzukehren.

Nun konnten wir, wenn auch mit Verspätung, in dem jeweils richtigen Wolga mit dem jeweils richtigen Kraftfahrer unsere Dienstreisen antreten.

Dieses Erlebnis wurde schnell auch in meinem Betrieb bekannt, und der Neue wurde fortan der „Entführer" genannt.

„Wand"

Die Auszeichnung

Leise glitt der „Tatra" auf der Autobahn dahin. In etwa einer Stunde würden sie in Berlin sein.

Behaglich lehnte er sich in seinen Autositz, die Beine weit von sich gestreckt, und schaute in die vorbeiziehende Landschaft. Wie oft war er in den vergangenen sechsundzwanzig Jahren diesen Weg gefahren? Meistens waren die Arbeitsberatungen beim Minister wenig erfreulich gewesen und immer war es um dasselbe gegangen, um die Steigerung der Produktion. Jahre war das auch gut gelaufen, alle hatten sich ehrlich und überzeugt geschunden. Als aber die gerade auf Öl umgestellten Brennöfen wegen der internationalen Ölkrise und den gestiegenen Preisen auf dem Weltmarkt erneut auf die Braunkohle zurückgeführt werden mussten, waren die immer wieder aufgemachten Forderungen nicht mehr zu erfüllen. „Mit nichts zu noch größeren Erfolgen", wurde verstohlen hinter vorgehaltener Hand gelästert. Laut aber traute sich in diesem Kreise niemand, den Minister auf die unrealistischen Forderungen aufmerksam zu machen, die er sicher selbst von ganz „oben" diktiert bekommen hatte. Und wie üblich hatte auch er den empfangenen Druck wider besseres Wissen an seine Betriebsdirektoren weitergegeben. Doch die Schraube ließ sich so, nur mit erhöhtem Bewusstsein, nicht mehr weiterdrehen. So konnte das Kombinat in den letzten drei Jahren seinen Plan nicht mehr erfüllen. Hinzu kam die den Betrieben neben ihrer eigentlichen Produktion aufgezwungene Konsumgüter-Produktion, die unproduktiv war und den Mangel an Konsumgütern im Land nicht beseitigen konnte. Er hatte schon befürchtet, dass man, über die erhaltene Kritik hinaus, wie sonst üblich ihm persönlich die Nichterfüllung der Planziele anlasten würde. Aber, wie er wusste, hatte ihn die beim Minister gebildete Vorschlagskommission für den hohen Orden empfohlen.

Er schmunzelte und drückte sich noch tiefer in seinen Sitz. Heute würde beim Minister alles anders sein. Heute würde ihn der Minister für seine Leistungen auszeichnen. Lange hatte er darauf warten müssen, denn immerhin war er, obwohl noch relativ jung, der dienstälteste Mitarbeiter seines Ranges im gesamten Bereich des Ministeriums. Neben den täglich erbrachten langen Arbeitszeiten hatten er und seine Familie auf ein normales gemeinsames Leben verzichten müssen, denn nur an den Wochenenden konnte er nach Hause fahren. Er hatte sich daran gewöhnt, zumal ihm seine Zweitwohnung auch manchen Vorteil verschaffte. Und so hatte er in all den Jahren seinen Arbeitstag weit über das normale Maß hinaus verlängert, was in seiner Funktion auch notwendig war. Längst hatte er, so war er überzeugt, diesen hohen Orden verdient, aber immer wieder waren ihm in den vergangenen Jahren andere vorgezogen worden.

Während er sonst auf diesen Fahrten in die Unterlagen schaute, die ihm sein Büroleiter eingepackt hatte, gönnte er sich heute das Nichtstun und gab sich seinen Gedanken hin. Was hatte er nicht alles leisten, aber auch schlucken müssen. Dank seiner schnellen Auffassungsgabe hatte er das Studium sehr erfolgreich absolviert. Seine Durchsetzungskraft war aufgefallen und da die soziale Herkunft stimmte, Westverwandtschaft nicht existierte und er aus Überzeugung die richtige Partei gewählt hatte, stand einem schnellen Aufstieg nichts im Wege. Bald hatte er auch erkannt, wie die Fäden liefen und wo sie gezogen wurden und er hatte schneller begriffen als andere, wann seine eigene Meinung gefragt und wann er sie verschweigen musste. Er hatte gelernt, Druck und Ungerechtigkeiten auszuhalten und sie an seine Mitarbeiter weiterzugeben, wenn er meinte, nur so das erstrebte Ziel zu erreichen. Heimlich gestand er sich manchmal, dass die Funktion seinen Charakter versaut hatte, aber, und so hatte er sich selbst oft getröstet, das alles geschieht im Interesse der Sache. Da müssen die Interessen des Einzelnen eben zurückstehen. Doch in den letzten Jahren waren ihm immer öfter Zweifel an der Richtigkeit des eingeschlagenen Weges gekommen. Mit ständigem Erhöhen des Drucks auf die Mitarbeiter waren die fehlenden Voraussetzungen für das Erreichen der vorgegebenen Ziele nicht mehr auszugleichen. Er wusste aber genau, dass er das nicht laut sagen durfte, wollte er seinen Status behalten. Und das wollte er, denn er hatte sich daran gewöhnt, in seinem Bereich das Sagen zu haben und konnte sich nicht mehr vorstellen, nur Zweiter oder Dritter zu sein. „Macht macht eben süchtig", dachte er und merkte nicht, wie breit er grinste. Außerdem war er zu klug, um nicht zu wissen, dass es sehr einsam um ihn herum werden würde, wenn er in Ungnade fiel. Über die wahren Gefühle seiner Freunde – er zweifelte einen Moment, ob er das Wort in Anführungsstrichen denken sollte oder nicht –, seiner Direktoren und Mitarbeiter, die ständig um ihn waren und ihm schmeichelten, machte er sich keine Illusionen. In seinen Kreisen diente letzten Endes alles nur dem eigenen Nutzen. Und wer nicht mehr nützte, der wurde fallen gelassen. Auch er hatte im Laufe der Jahre so manchen Kollegen und Mitarbeiter „vergessen".

Sein Blick fiel auf den Rücken seines Fahrers. „Bosselt fährt mich nun auch schon wieder acht Jahre. Wie die Zeit vergeht." Und noch immer hatte er ein ungutes Gefühl, wenn er an die Posse dachte, an der auch er mitgewirkt hatte, als man beschloss, Bosselts Vorgänger zu entlassen. Rechtlich gab es damals dafür keinen Grund, aber die, die hinter den Kulissen das Sagen hatten, verlangten, dass er

Hinze entlassen und Bosselt sein persönlicher Fahrer werden sollte. Bosselt war jünger und informierte offensichtlich besser. Da auch der Chefarzt der Poliklinik, der die Mitarbeiter des Kombinats gesundheitlich betreute, mitspielte, wurde Hinze einfach von einem Tag zum anderen für so krank erklärt, dass man ihm das Leben und die Gesundheit seines Chefs nicht mehr anvertrauen konnte. Es lief alles wie geplant. Niemand, auch er nicht, stand auf und meldete Bedenken an oder hinterfragte die Sache, und Hinze, der genau wusste, woher der Wind wehte, schluckte die Kröte. So wurde Bosselt als Nachfolger von Hinze eingesetzt.

Es hatte ihm eigentlich leid getan um Hinze. In den Jahren, in denen er ihn unfallfrei und zuverlässig, auch bei Schnee und Eis, an sein Ziel gebracht hatte, war zwischen ihnen ein gutes Verhältnis entstanden. Aber was wollte er machen? Er wusste, dass ihm in dieser Frage keine andere Wahl blieb, denn zu gut kannte er die Grenzen, die ihm selbst gezogen waren. Das richtige Einschätzen der Realitäten, das Sichfügen, wenn es keine andere Möglichkeit gab, hatte ihn all die Jahre in dieser Funktion überstehen lassen. Jahre, in denen andere seines Ranges längst den Hut hatten nehmen müssen.

Bosselt bremste den Wagen ab. Die Stadtgrenze von Berlin war erreicht und bald würden sie beim Minister sein. Er war schon gespannt, wer mit ihm und in welchem Rahmen, ausgezeichnet werden würde.

Zur gleichen Zeit stand der Minister am Fenster und schaute über die Dächer Berlins. Er fühlte sich nicht wohl in seiner Haut, denn heute war wieder einer der unangenehmen Tage, die er so gar nicht liebte. Wenn er auch wusste, dass allen Generaldirektoren und auch seinen Mitarbeitern bekannt war, dass die Luft immer dünner wird, je höher die Funktion ist und dass es in dieser Atmosphäre echte Freundschaften nicht gibt, so verband die gemeinsame Arbeit über zwei Jahrzehnte doch in gewissem Umfange miteinander. Aber er hatte keine Wahl, wollte er sich nicht selbst gefährden. Während er zu seinem Schreibtisch zurückkehrte, fragte er sich, was den erfahrenen Bertram nur für ein Teufel geritten hatte, als der bei der letzten jährlichen Zusammenkunft der Generaldirektoren den obersten Lenker und Leiter der Wirtschaft durch seinen öffentlichen Widerspruch reizte und sich weigerte, unter den gegebenen Bedingungen die geforderten Verpflichtungen zu unterschreiben. Konnte er nicht wie immer und wie alle anderen den Mund halten, zumal er genau wissen musste, dass jede abweichende Meinung als Kritik an der Person des Mächtigen selbst aufgefasst wird und an der Sache selbst nichts ändern würde? Was galten da noch jahrzehntelanges Mühen und Kämpfen um die Planerfüllung? Nichts! Was zählte, war immer nur der Augenblick, das unverbrüchliche Stehen zur Sache und zu den Beschlüssen, die ganz oben von den Alten, die immer noch in ihren Illusionen gefangen waren, erlassen wurden und seit Jahren jeder Realität entbehrten. Kritik wurde im Keime erstickt, galt als Zersetzung, wurde nicht geduldet. Zumal andere, nach oben Strebende, in den Startlöchern standen. Wie konnte dem erfahrenen Bertram nur dieser Ausrutscher passieren? Er hätte wissen müssen, dass man ihm das nicht durchgehen lassen würde. Schließlich galt es, den Anfängen zu wehren. Und ihm fiel nun die unangenehme Aufgabe zu, Bertram, der auf eine hohe Auszeichnung hoffte, den gefassten Beschluss mitzuteilen.

Wieder war der Minister ans Fenster getreten und schaute auf das ihm vertraute Bild der Stadt. ‚Viel haben wir geschafft und die Stadt zum Wohle der Menschen verändert. Aber in den letzten Jahren', sinnierte er, ‚haben wir uns ständig etwas vorgemacht. Auf die Signale, die von den Sicherheitsorganen gegeben werden, wird nicht reagiert. Wo soll das alles nur noch hinführen? Es gibt keine Bereitschaft mehr, etwas wirklich zu verändern. Alles Denken und Handeln ist wie einbetoniert. Die Oberen leben in ihrer Traumwelt und wer aufbegehrt, wird abserviert.' Wie bei etwas Verbotenem ertappt, schrak er zusammen, als das Telefon klingelte. Es war so weit. Seine Sekretärin hatte Bertram telefonisch angemeldet.

Die Tür öffnete sich und neben Bertram betraten der Kaderleiter und der Parteisekretär das Zimmer und begrüßten den Minister. Nachdem sie am Konferenztisch Platz genommen und die Sekretärin den Kaffee serviert hatte, ergriff der Minister das Wort. Schon nach den ersten Worten hatte Bertram das Gefühl in eiskaltes Wasser getaucht zu werden. Statt der erwarteten Worte des Lobes und der Anerkennung für die erbrachten Leistungen und persönlichen Opfer in den vergangenen zwei Jahrzehnten, analysierte der Minister die letzten Jahre, in denen das Kombinat seine Planziele nicht erreicht hatte. In seiner Darstellung spielten die objektiven Ursachen überhaupt keine Rolle. Alles wurde dem Generaldirektor und seiner angeblich mangelhaften Leitungstätigkeit angelastet. Entschuldigend, so führte der Minister aus, sei, dass die jahrzehntelange Tätigkeit offensichtlich die Gesundheit des Genossen Bertram so angegriffen habe, dass er nicht mehr bereit und in der Lage gewesen sei, die vorgegebenen hohen Ziele in ihrer Bedeutung zu erkennen und um sie zu kämpfen. Lange hätten die hier Anwesenden beraten, seien aber schließlich in der Sorge um die Gesundheit des Genossen Bertram zu dem Schluss gekommen, ihn nicht länger den Belastungen auszusetzen, die seine Tätigkeit mit sich bringt. Das habe auch der Chefarzt nach der letzten, obligatorischen Gesundheitskontrolle, der sich der Genosse Bertram hier, in Berlin, unterzogen habe, dem Minister empfohlen. Und deshalb habe sein Fahrer, Bosselt, den Auftrag, ihn noch heute nach Hause zu fahren. Seine persönlichen Sachen werde sein Leiter des Büros zusammenpacken und ihm schicken. Auch um die Auflösung der Zweitwohnung brauche er sich nicht zu kümmern. Alles würde schnellstens organisiert, denn die Wohnung benötige sein Nachfolger, ein Betriebsdirektor im Kombinat.

Während der Heimfahrt hatte Bertram nur einen einzigen Gedanken., den er gebetsmühlenartig wiederholte: ‚Nur die Fassung bewahren, nichts anmerken lassen. – Nur, nichts anmerken lassen, die Fassung bewahren. – Nur die Fassung bewahren, nichts anmerken lassen.' Auch Bosselt schwieg, während er dem Heimatort seines Chefs entgegenfuhr. Doch dann konnte Bertram nicht verhindern, dass vor seinen Augen blitzartig die Jahre seines Schaffens vorüberzogen. Jahrzehnte ehrlichen Mühens galten nichts. Auch sie, die Generaldirektoren, hatten nur zu funktionieren. Kritische Hinweise wurden bestraft. Trotzdem hatte ihn die Entscheidung des Ministers wie eine Keule getroffen. Wie oft hatte er solche Situationen bei anderen Generaldirektoren erlebt. Immer hatte er dazu geschwiegen. Und so wird es auch heute bei den anderen sein. Jeder wird froh sein, dass es nicht ihn selbst getroffen hat. Und ganz schnell wird man nach dieser ihn betreffenden Information zur Tagesordnung übergehen. So wie immer.

Der Versammlungsraum füllte sich. Teilweise waren keine Sitzplätze mehr vorhanden. Dann traten der Parteisekretär und der Kaderdirektor vor die Anwesenden und verkündeten, dass ihr Generaldirektor aus gesundheitlichen Gründen sofort von seiner Funktion entbunden werden musste und dass ihm seine Erkrankung nicht gestatte, noch einmal das Kombinat zu betreten und sich von den Mitarbeitern zu verabschieden. Sie seien aber überzeugt, im Namen aller Mitarbeiter dem Genossen Bertram beste Genesungswünsche übermitteln zu dürfen.

Ohne Fragen zu stellen, ohne Zweifel anzumelden, trotz besseren Wissens, wortlos und sich nicht in die Augen blickend, begaben sich die Direktoren des Hauses und die Mitarbeiter an ihre Arbeitsplätze. Einer der Direktoren ging voran.

Der hohe Gast

‚Ich könnte mich selber ohrfeigen, warum habe ich nur zugesagt? Das ist meine verdammte Gutmütigkeit. Warum habe ich es nur versprochen!' Er sprang auf und gab dem breiten Sessel, auf dem es sich auch sein schwarzer Kater Othello bequem gemacht hatte, einen Tritt. Mit einem entsetzten Schrei sprang Othello herunter, riss dabei den Blumenständer mit der Zimmerpflanze um und flüchtete fauchend unter die Couch. Unbeeindruckt von dem entstandenen Chaos wütete Bruno Obermann weiter. ‚Dass die aber auch noch nach zwei Jahren darauf bestehen! Regelrecht penetrant. Erzählen, erzählen! Na, was denn? Sind ja alles Alte. Und von wegen aus dem Buch vorlesen! Das begreifen die doch sowieso nicht. Aber jetzt kann ich nicht mehr absagen, so gern ich das auch täte.' Er goss sich einen Schluck aus der Flasche, die auf dem Couchtisch stand, in ein Glas. ‚Ja, ja, die anderthalb Stunden werden auch vorbeigehen und dann ist da endlich Ruhe. Die sind ja mal für mich eingetreten, als ich im großen Clinch mit der Stadt lag. Ich habe mich damals über jeden gefreut. Also gut Bruno, bist eben ein dankbarer Mensch. Und die Alten sind ja heute die stärkste Wählerschicht. Links sind viele von denen auch, schließlich haben die lange genug in unserer Deutschen Demokratischen Republik gelebt. Aber mit diesen Stadtoberen werde ich mich nie aussöhnen. Ignorantenpack. Gott sei Dank konnte ich denen nun zeigen, was sie für einen Fehler gemacht haben. Und die werden sich noch mehr ärgern, noch viel mehr. Aber vergessen und vergeben kommt bei mir nicht infrage.' Hart stellte er das Glas auf den Tisch und

„Der Teide auf Teneriffa", Pastell-Kreide

sagte laut mit einem Blick auf Othello, der unter dem Sofa hervorlugte: „Ich vergesse und vergebe nichts!" Dann sah er böse auf den Sessel, den am Boden liegenden Blumenständer und den zerschlagenen Topf mit der ramponierten Pflanze, seufzte in Richtung Buch und Whisky, ging in die Diele und zog seine Jacke an. Ohne seinen Kater weiter zu beachten, der ihn aus sicherer Entfernung misstrauisch beobachtete, verließ er das Haus. ‚Wird mir schon was einfallen, was ich denen erzählen kann. Ist mir schließlich immer noch was eingefallen. Und länger mache ich nicht.' Dann stieg er in seinen Wagen.

Zwei Jahre hatten sie diesem großen Ereignis entgegengefiebert. In vielen Zusammenkünften war darüber geredet worden, wie man den berühmten Mann empfangen würde. Nun war es endlich soweit. Alle Stühle im Raum waren besetzt und die frohe Erwartung der Anwesenden war im Raum fast körperlich zu spüren. Alle, die konnten, waren gekommen, hatten Krankheiten und akute Schmerzen vergessen. An der Wand lehnten zwei Rollatoren. Die Frauen hatten sich schön gemacht, ihre besten Kleider angezogen und waren beim Frisör gewesen. Einige der Männer, auch der Vereinsvorsitzende, trugen Schlipse. Die meisten von ihnen waren Mitglieder des Vereins der sinnvollen Freizeitgestaltung. Auch der zu erwartende Gast gehörte zu ihrer Generation, hatte also ähnliche Erfahrungen wie sie selbst gemacht und war mit seinen siebzig Jahren nur wenig jünger als die meisten der Anwesenden. Oh ja, sie freuten sich auf ihn seit Langem, denn er hatte den Termin schon mehrfach verschoben. Auf ihn, der ihrer Heimatstadt so viel gegeben hatte und der, nachdem er Rentner war, in ganz Deutschland umherreiste und ein hoch begehrter Gast war. Dass so ein Mann tatsächlich zu ihnen kam, konnten sie kaum fassen. Vor längerer Zeit, als sie meinten, dass die Stadt ihrem verdienten Bürger Unrecht tue, hatten sie sich einmal für ihn eingesetzt und wohl deshalb war er bereit, vor ihrem kleinen Kreis aufzutreten. Auch wenn sie ihn in Gedanken auf den Sockel stellten, bewies seine Anwesenheit bei ihnen nicht, er war einer von ihnen? Ein Mann aus dem Volke? Sie waren voll dankbarer Bewunderung. Und sie waren bestens auf sein Kommen vorbereitet.

Missmutig schaute er in die Runde. ‚Wo bin ich nur hingeraten? Die haben doch tatsächlich nicht bemerkt, dass ich da bin. Oder tun die nur so? Die quatschen einfach weiter. Kriegen die das nicht mehr mit? Na endlich, wurde aber auch Zeit. Da will ich sie gleich mal schocken. Da merken die gleich mal, dass mir nichts entgeht, dass ich alles sehe.'

Verblüfft hörten die Anwesenden statt der erwarteten freundlichen Begrüßung, wie er lospolterte, dass es eine Schande sei, dass sie die Schmierereien an der Eingangstür noch nicht beseitigt haben. „Einen Pinsel können Sie doch wohl noch schwingen? Oder?" Er, Bruno Obermann, mache das ständig an seinem Haus. Die ganze Stadt sollte sich mal an ihm ein Beispiel nehmen. Und den Oberen der Stadt habe er auch schon seine Meinung zu diesem Thema unmissverständlich gesagt. Er habe sich sogar einmal mit den Graffiti-Sprühern zusammengesetzt, aber am nächsten Tag doch wieder den Pinsel nehmen müssen. „Und das können Sie doch wohl auch? Oder?" Herausfordernd schaute er in die ihm aufmerksam zugewandten, aber nun etwas irritierten Gesichter seiner Gastgeber, die sich über Graffiti an den Hauswänden zwar auch ärgerten, aber nicht die Hauseigentümer und außerdem zumeist froh waren, wenn sie ihre alltäglichen Verrichtungen noch selbstständig schafften.

‚Ich muss im falschen Film sein, das gibt es doch gar nicht.' Manfred König, der Vorsitzende des VdsF, schaute während dieser Brandrede erst ratlos, dann verwirrt auf sein für den Ablauf des Nachmittags erarbeitetes, mehrfach verbessertes Konzept. Dann, in einer kurzen Redepause, als Bruno Obermann Atem holte, ergriff er schnell das Wort und begrüßte ihn endlich: „… ganz, ganz herzlich." In seiner Laudatio würdigte er dessen außergewöhnliche Persönlichkeit, die den hier Anwesenden bekannt sei und durch die eben gehörte Kritik unterstrichen werde. Dann erläuterte Manfred König sein Programm. Er, der so lange Erwartete, solle etwa fünfundvierzig Minuten sein Buch vorstellen, dann könnten sie alle etwa dreißig Minuten darüber diskutieren und: „Zum Schluss wollen wir aus unserem neuen Buch, das wir gemeinsam geschaffen haben, und das wir Ihnen, unserem lieben Ehrengast, schenken werden, etwa acht Minuten etwas vortragen. Als Zeichen unserer Verehrung und vor allem, um Ihnen eine kleine Freude zu bereiten." Langsam kam Manfred König in Fahrt, denn es schien nun so, als könne er sein vorbereitetes Konzept doch noch umsetzen.

Zuvor aber wolle er, der Vorsitzende des VdsF, der anwesenden Vertreterin der Bank danken, die es als größter Sponsor des Vereins ihnen schon im vergangenen Jahr ermöglicht hatte, ihr Buch unter fachlicher Anleitung zu schreiben und die es mit ihrer erneuten finanziellen Unterstützung jetzt möglich mache, diesen Raum mit einer Tontechnik auszustatten, damit man sich unter anderem untereinander besser verstehen kann. Manfred König lächelte etwas verlegen in die Runde und bekannte: „Man wird halt älter und fängt an schwer zu hören."

‚So seht ihr auch aus, hoffentlich klappt es noch mit dem Denken', dachte Bruno Obermann ungerührt. Dann schaute er verdrießlich in die erwartungsfrohen Gesichter der Alten und auf die vor ihm stehende Flasche mit Mineralwasser und rügte sie weiter: „Da seid ihr nun voller Dankbarkeit für die paar Kröten, die euch gesponsert worden sind. Denkt ihr gar nicht weiter und daran, wie ihr von den Banken ausgenommen werdet? Was wird denn aus euren Ersparnissen werden? Habt ihr euch das schon mal überlegt? Wenn ich könnte und die Befugnis hätte, würde ich den Boss eurer geliebten Bank, der angeblich so großmütig mit euch ist, ins Gefängnis sperren. Da gehört der nämlich hin! Jährlich Millionen in die eigene Tasche scheffeln und ohne Verantwortung handeln. Das kann der nämlich. Ihr und ich, wir können uns das in unserem ganzen Leben nicht zusammenkratzen, was der nur in einem Monat verdient. Von wegen verdient! Sich nimmt! Im Selbstbedienungsladen Bank! Und der schämt sich nicht! Oder?" Er blickte in die Runde, als säße er am Stammtisch in der Kneipe.

Anita Gerber, die gerade Manfred König unter dem Beifall der Anwesenden den vom Verein so dringend benötigten Scheck überreicht hatte, erstarrte zur Salzsäule. ‚Was soll denn das jetzt? Das gibt es doch gar nicht. Kann es doch gar nicht geben!' Fassungslos starrte sie auf ihre Hände, bis ihr nach einer Weile einfiel, dass die Senioren ja nichts dafür konnten, was dieser Gast hier so von sich gab. Am besten sie schwieg darüber und versuchte das Ganze einfach zu vergessen. Doch wie verärgert sie war, sah man ihr deutlich an.

Manfred König war wie erschlagen. ‚Wenn die den Scheck zurücknehmen oder uns nun nichts mehr geben, können wir den Laden hier zumachen', konnte er gerade noch denken. Als er die Reaktion der Mitarbeiterin der Bank sah, raffte er sich auf, um zu retten, was zu retten war. Leider war er so durcheinander, dass sein Hinweis auf die vielen fleißigen Mitarbeiter der Bank, die doch an diesen zur Zeit laufenden Dingen nicht beteiligt sind und sich mühen, das Geld der Sparer zu vermehren, eher wie eine Unterstützung der Meinung seines Gastes wirkte, anstatt wie eine Zurechtweisung.

Mit den Reaktionen auf seine Rede sichtlich zufrieden, reckte sich Bruno Obermann so lange auf seinem Stuhl, bis er endlich größer wirkte als er tatsächlich war. Er schaute noch einmal streng in die Gesichter seiner Zuhörer und schleuderte ihnen entgegen: „Ich weiß eigentlich gar nicht, was ich hier soll! Und aus Ihrem Buch will ich auch nichts hören. Ich kann ja noch was lesen." Während er aus seiner Tasche sein eigenes Buch hervorkramte, dachte er: ‚Das fehlte noch, dass ich mir auch noch anhöre, was die zu meinem Buch sagen. Und wenn sie wissen wollen, was ich geschrieben habe, sollen sie sich gefälligst das Buch kaufen! Und ich höre wohl nicht recht. Mir wollen die etwas vorlesen, die Schwerhörigen. Was denken die eigentlich, wer ich bin? Ich kenne alle Klassiker der Weltliteratur bestens, trage sie selbst vor und habe sie inszeniert! Mir das anzubieten, ist, gelinde gesagt, mehr als naiv.'

Er lehnte sich in seinem Stuhl zurück, griff nach seinem Buch und begann einen kleinen Abschnitt vorzulesen. Dann brach er ab, er hatte wirklich keine Lust mehr. Laut und grantig verkündete er: „Ihr könnt euch ja das Buch kaufen!" Gleichzeitig dachte er: ‚Ich werde denen mal ein paar Takte sagen, damit sie begreifen, wer hier vor ihnen sitzt.'

Staunend vernahmen nun die Anwesenden, wie schwer es für Bruno Obermann war, als er vor vielen Jahren in ihre Stadt kam, sie und ihre schlechte Sprache zu verstehen. Wie sie eigentlich sprechen sollten, hatten sie wohl schon lange verlernt. Aber, schließlich habe er es doch gepackt und ihr komisches Kauderwelsch gelernt. Was er alles für sie und ihre Stadt in den vielen Jahren seines Wirkens getan habe, wüssten sie ja. Aber nun wolle er ihnen einiges über sein Leben nach der Wende verraten. Sich immer mehr in Rage redend, schilderte er beredt seine Taten, wo und bei wem er in den vergangenen Jahren nach der Wiedervereinigung gewesen war und dass er niemals die Gelegenheit ausgelassen hatte, der Elite des Landes ihre geistige Beschränktheit klarzumachen. „Aber auch mit großen Denkern habe ich mich abends bei einer Flasche Wein unterhalten. So kam ich einmal mit einem von ihnen zu dem Schluss", bekannte er, „dass wir Kommunisten eigentlich gläubige Materialisten sind."

Das Rede-Feuerwerk über seine erbrachten Leistungen schöpfte die zur Verfügung stehende Zeit völlig aus. Nun war ihnen plausibel gemacht worden, dass er sich mit ihren profanen zu Papier gebrachten Lebenserkenntnissen und Erfahrungen nicht befassen wollte, er, der in ganz anderen Dimensionen, als sie jemals erahnen konnten, dachte und handelte.

Manfred König saß vernichtet auf seinem Stuhl. Er starrte auf sein wertlos gewordenes Konzept. So hatte er sich diesen Nachmittag nicht gedacht. Ein linkes Idol war vom Sockel gestürzt. So fiel einer nach dem anderen. Er war so durcheinander, dass er es nicht wagte, in die Runde zu schauen. Auch auf die Ausführungen seines Gastes konnte er sich nicht konzentrieren, denn immer wieder dröhnte es in seinem Kopf: ‚Ich bin im falschen Film, ich bin im falschen, ich bin im …' Es war ein Film, in dem kein gütiger Kommissar den Helden spielte. Der, der hier saß, der spielte längst nur sich selbst. Und das ohne Rücksicht auf Verluste.

Am Ende seiner Ausführungen lehnte sich Bruno Obermann hochgereckt langsam auf seinem Stuhl zurück. Immer, wenn er sich einem ihn bewundernden Publikum präsentieren konnte, stieg seine Stimmung. Aber das ging wohl allen Großen so. Er erlebte seine Außergewöhnlichkeit von mal zu mal mehr. „Aber ich vergesse nicht, wo ich hergekommen bin! Oder? Sonst wäre ich auch nicht hier", fragte er launig in die Runde. Beinahe liebevoll schaute er nun auf die Alten, sah ihre zum Teil weißen Haare, die an der Seite stehenden Gehwägelchen und dachte: ‚Nein, ich darf nicht so streng mit ihnen sein. Sie haben bestimmt in ihrem Leben auch getan, was sie konnten. Aber steht nicht schon in der Bibel: Nur Wenige werden auserwählt sein? Natürlich werde ich das erhaltene Angebot annehmen. Wer denn, wenn nicht ich? Und die Damen und Herren Stadtoberen werden dann vor meiner Tür Schlange stehen. Sollen sie stehen bis sie schwarz werden!'

Die Veranstaltung war zu Ende. Auch die geplante Diskussion fiel aus, wie schon die geplante Lesung, wie überhaupt alles anders gekommen war, als ursprünglich geplant. ‚Hat das überhaupt alles noch Sinn? Immer diese Pläne?' Ohne Bruno Obermann anzusehen murmelte Manfred König ein kurzes Dankeschön. Die Blumen und das Buch ließ er seinem Gast überreichen, denn dazu war er selbst nicht mehr in der Lage. Lässig das Buch in die Tasche stopfend, den Blumenstrauß unter den Arm geklemmt und gnädig in die Runde winkend, verließ unter dem etwas spärlich ausfallenden Beifall der Anwesenden der berühmte Mann den Raum. Schweigend und sichtlich angeschlagen geleitete ihn Manfred König zu seinem Wagen.

Inhalt

Wende *7*
Schneewittchen *17*
Der Nachlass *41*
Man steigt nie in denselben Fluss *47*
Von wahrer Liebe *53*
Vertrauen *57*
Das kam ihr Spanisch vor *66*
Als die Menschen die ewige Gesundheit erstritten *71*
Der Irrtum *77*
Die Last der Schuld *81*
Schatten *93*
Des Sonntags Größe *105*
Ich war doch schon satt *111*
Die Zeit danach *123*
Mein langer Weg *127*
Hoffnungen, zerschlagen *133*
Eine verunglückte Dienstfahrt *137*
Die Auszeichnung *141*
Der hohe Gast *149*

Charlotte Rüttinger

ist 1929 in Breslau geboren und floh aus der Stadt am Ende des Zweiten Weltkrieges. Nach ihrem Studium als Dipl.-Jurist arbeitete sie im Rechtswesen, in der Lehre und Forschung und in der Wirtschaft. Nachdem sie in Sachsen, Brandenburg, Thüringen, Schleswig-Holstein und einige Jahre auch auf Teneriffa wohnte, lebt sie seit 2002 in Halle. 2004 veröffentlichte sie den Band mit Erzählungen und Gedichten „Die blaue Stunde", danach auch Texte und Reproduktionen ihrer Bilder in verschiedenen Anthologien, wie in „Halle mein Halle" (2006) und „Man wird halt älter" (2007).

Bibliografische Information der Deutschen Nationalbibliothek

Die Deutsche Nationalbibliothek registriert diese Publikation in der Deutschen Nationalbibliografie; detaillierte bibliografische Daten im Internet unter http://d-nb.de.

Nachdruck, auch auszugsweise verboten. – Alle Rechte vorbehalten.
Recht zur fotomechanischen und digitalen Wiedergabe nur mit Genehmigung des Verlages.

2. Auflage, 2009
© mdv Mitteldeutscher Verlag GmbH, Halle (Saale)
www.mitteldeutscherverlag.de

Bilder: Charlotte Rüttinger
Umschlagfoto: „Wolken im Wind", Horst Göllnitz
Fotos: Michael Göllnitz

ISBN 978-3-89812-624-3
Printed in Germany